'우리가 정말 알아야 할 우리 고전' 기획 위원

고운기 | 한양대학교 국문학과와 연세대학교 대학원을 졸업했다.
　　　　현재 한양대학교 문화콘텐츠학과 교수이다.
김성재 | 숙명여자대학교 국문학과를 졸업하고 같은 대학원을 수료했다.
　　　　고전을 현대어로 옮기는 일에 관심을 갖고 꾸준히 작업하고 있다.
김　영 | 연세대학교 국어국문학과와 같은 대학원을 졸업했다.
　　　　현재 인하대학교 국어교육과 교수이다.
김현양 | 연세대학교 국어국문학과와 같은 대학원을 졸업했다.
　　　　현재 명지대학교 방목기초교육대학 교수이다.

우리가 정말 알아야 할 우리 고전
한국의 우언

초판 1쇄 발행 | 2004년 5월 20일
초판 6쇄 발행 | 2013년 1월 15일

글 | 김영
그림 | 이우일
펴낸이 | 조미현

인쇄 | 영프린팅
제책 | 쌍용제책사

펴낸곳 | (주)현암사
등록일 | 1951년 12월 24일 · 제10-126호
주소 | 121-839 서울 마포구 서교동 481-12
전화번호 | 365-5051 · 팩스 | 313-2729
전자우편 | editor@hyeonamsa.com
홈페이지 | www.hyeonamsa.com

글 ⓒ 김영 2004
그림 ⓒ 이우일 2004

*지은이와 협의하여 인지를 생략합니다.
*잘못된 책은 바꾸어 드립니다.

ISBN 978-89-323-1218-7 03810

우리가 정말 알아야 할 우리 고전

한국의 우언

우리가 정말 알아야 할 우리 고전
글―김영 그림―이우일

한국의 우언

현암사

우리 고전 읽기의 즐거움

문학 작품은 사회와 삶과 가치관을 총체적으로 담고 있는 문화의 창고이다. 때로는 이야기로, 때로는 노래로, 혹은 다른 형식으로 갖가지 삶의 모습과 다양한 가치를 전해 주며, 읽는 이에게 기쁨과 위안을 주는 것이 문학의 힘이다.

고전 문학 작품은 우선 시기적으로 오래된 작품을 말한다. 그러므로 낡은 이야기일 수 있다. 그러나 그 속에 담긴 가치와 의미는 결코 낡은 것이 아니다. 시대가 바뀌고 독자가 달라져도 고전이라는 이름으로 여전히 많은 사람에게 읽히는 작품 속에는 인간 삶의 본질을 꿰뚫는 근본적인 가치가 담겨 있다. 그것은 시대에 따라 퇴색되거나 민족이 다르다고 하여 외면될 수 있는 일시적이고 지역적인 것이 아니다. 시대와 민족의 벽을 넘어 사람이면 누구나 공감할 수 있는 보편적이고 세계적인 것이다. 그렇기 때문에 우리가 톨스토이나 셰익스피어 작품에서 감동을 느끼고, 심청전을 각색한 오페라가 미국 무대에서 갈채를 받을 수도 있다.

우리 고전은 당연히 우리 민족이 살아온 삶의 궤적을 담고 있다. 그 속에 우리의 지난 역사가 있고 생활이 있고 문화와 가치관이 있다. 타인에게 관대하고 자신에게 엄격한 공동체 의식, 선비 문화 속에 녹아 있던 자연 친화 의식, 강자에게 비굴하지 않고 고난에 굴복하지 않는 당당하고 끈질긴 생명력, 고달픈 삶을 해학으로 풀어내며 서러운 약자에게는 아름다운 결말을 만들어 주는 넉넉함…….

사람과 사람, 사람과 자연의 '어울림'을 중요하게 생각했던 우리의 가치관은 생활 속에 그대로 녹아서 문학 작품에 표현되었다. 우리 고전 문학 작품에는 역사가 기록하지 않은 서민의 일상이 사실적으로 전개되며 우리의 토속 문화와 생활, 언어, 습속이 구체적으로 드러난다. 작품 속 인물들이 사는 방식, 그들이 구사하는 말, 그들의 생활 도구와 의식주 모든 것이 우리의 피 속에 지금도 녹아 흐르고 있음이 분명하지만 우리 의식에서는 이미 잊힌 것들이다.

  그것은 분명 우리 것이되 우리에게 낯설다. 고전을 읽음으로써 우리는 일상에서 벗어나 그 낯선 세계를 체험하는 기쁨을 얻게 된다. 몰랐던 것을 새롭게 아는 것이 아니라 잊었던 것을 되찾는 신선함이다. 처음 가는 장소에서 언젠가 본 듯한 느낌을 받을 때의 그 어리둥절한 생소함, 바로 그 신선한 충동을 우리 고전 작품은 우리에게 안겨 준다. 거기에는 일상을 벗어났으되 나의 뿌리를 이탈하지 않았다는 안도감까지 함께 있다. 그것은 남의 나라 고전이 아닌 우리 고전에서만 받을 수 있는 선물이다.

  우리 고전을 읽어야 한다는 데는 이미 많은 사람이 공감한다. 고전 읽기를 통해서 내가 한국인임을 자각하고, 한국인이 어떻게 살아 왔으며, 어떻게 살아가야 할지 알게 하는 문화의 힘을 느낄 수 있다.

  하지만 고전은 지난 시대의 언어로 쓰인 까닭에 지금 우리가, 우리의 청소년이 읽으려면 지금의 언어로 고쳐 쓰는 작업이 반드시 선행되어야 한다.

우리가 쉽게 접하는 세계의 고전 작품도 그 나라 사람들이 시대마다 새롭게 고쳐 쓰는 작업을 거듭한 결과물이다. 우리는 그런 작업에서 많이 늦은 것이 사실이다. 이제라도 우리 고전을 새롭게 고쳐 쓰는 작업을 할 수 있는 것은 우리의 문화 역량이 여기에 이르렀다는 반증이다.

현재 우리가 겪는 수많은 갈등과 문제를 극복할 해결의 실마리를 고전 속에서 찾을 수 있다고 확신하면서 우리 고전을 지금의 언어로 고쳐 쓰는 작업을 시작한다. 이 작업은 여기에서 멈추지 않고 앞으로도 시대에 맞추어 꾸준히 계속될 것이다. 또 고전을 읽는 데서 끝나지 않을 것이다. 우리 고전은 우리의 독자적 상상력의 원천으로서, 요즘 시대의 화두가 된 '문화 콘텐츠'의 발판이 되어 새로운 형식, 새로운 작품으로 끝없이 재생산되리라고 믿는다.

'우리가 정말 알아야 할 우리 고전'을 기획하면서 우리는 다음과 같은 몇 가지 원칙을 세웠다.

먼저 작품 선정에서 한글·한문 작품을 가리지 않고, 초·중·고 교과서에 수록된 작품을 우선하되 새롭게 발굴한 것, 지금의 우리에게도 의미 있고 재미있는 작품을 포함시키기로 하였다.

그와 함께 각 작품의 전공 학자들이 적극적으로 참여하여 판본 선정과 내용 고증에 최대한 정성을 쏟았다. 아울러 원전의 내용과 언어 감각을 훼손

하지 않으면서도 글맛을 살리기 위해 윤문 과정을 여러 차례 거쳤다.

　마지막으로 시각 효과를 높이기 위해 내용에 맞는 그림을 곁들였다. 그림만으로도 전체 작품의 흐름을 알 수 있도록 화가와 필자가 협의하여 그림 내용을 구성했으며, 색다른 그림 구성을 위해 순수 화가를 영입하였다.

　경험은 지혜로운 스승이다. 지난 시간 속에는 수많은 경험이 농축된 거대한 지혜의 바다가 출렁이고 있다. 고전은 그 바다에 떠 있는 배라고 할 수 있다.

　자, 이제 고전이라는 배를 타고 시간 여행을 떠나 보자. 우리의 여행은 과거에서 출발하여 앞으로 미래로 쉼 없이 흘러갈 것이며, 더 넓은 세계에서 더 많은 사람을 만나며 끝없이 또 다른 영역을 개척해 갈 것이다.

2004년 1월
기획 위원

글 읽는 순서

우리 고전 읽기의 즐거움 | 사

지혜·지략 편
농부에게 배운 황희 정승 | 십오
관대한 사람 | 십육
원님의 판결 | 십칠
송아지를 무와 바꾼 사람 | 십팔
어머니를 구한 아이 | 이십
농부의 꾀 | 이십일
아침에 심어서 저녁에 따는 박 | 이십이
머슴의 꾀 | 이십사
박쥐의 변명 | 이십육
살인강도를 잡은 아이 | 이십칠
토끼와 거북이 | 이십팔
떡을 차지한 두꺼비 | 삼십
책 읽는 즐거움 | 삼십이
물건 되찾기 | 삼십사
소 장사와 중 | 삼십육

해학·풍자 편
개미, 메뚜기, 왜가리 | 사십삼
혹 붙인 사연 | 사십사
먹으면 죽는다는 알사탕 | 사십육

상놈의 인사 | 사십칠
두꺼비와 토끼 | 사십팔
헛소리의 결과 | 사십구
붉은 깃발 | 오십
말 대신 닭 | 오십이
왕의 공양 | 오십삼
호랑이 함정 | 오십사
관상쟁이 | 오십육
공방전 | 육십
진정한 친구 | 육십삼
어리석은 촌사람 | 육십육
전랑 | 칠십

도덕·교훈 편
쏟은 물 | 칠십칠
말조심 | 칠십팔
세 종류의 사람 | 칠십구
쥐의 보은 | 팔십
밤송이에 절한 호랑이 | 팔십이
은혜를 아는 까치 | 팔십사
약밥의 유래 | 팔십오
호랑이를 두려워한 사람 | 팔십육
의로운 개 | 팔십칠

은 항아리를 양보한 김 공 | 팔십구
효부에게 감동한 호랑이 | 구십
도둑의 뉘우침 | 구십사
종이 된 도둑 | 구십칠
천하제일의 도둑 | 백
호랑이의 보은 | 백삼

분수·본성 편

들쥐와 민가에 사는 쥐 | 백칠
공부와 일 | 백팔
부채 장사 마누라와 달력 장사 마누라 | 백구
옹기 장사 | 백십
다리 없는 배 | 백십이
재물 | 백십삼
씨 뿌리기 | 백십사
부자와 가난한 사람 | 백십육
쥐와 고양이 | 백십팔
남의 것을 탐낸 지렁이 | 백이십이
헛된 명성 | 백이십사
여우의 꾐 | 백이십칠
심마니 김씨 | 백이십팔
제 본성대로 | 백삼십

매의 지혜 | 백삼십사
표내지 않는 분의 솜씨 | 백삼십육

사리·정치 편

죽게 된 가축 | 백사십삼
게와 원숭이 | 백사십사
신하에 대한 예우 | 백사십육
요지경 속 세 가지 이야기 | 백사십칠
뱀의 원한 | 백오십일
다람쥐와 자라 | 백오십삼
아름다운 오해 | 백오십오
배가 가는 것 | 백오십팔
이빨과 뿔 | 백육십
사람의 쓰임 | 백육십이
못난 여자를 좋아하는 까닭 | 백육십사
누에와 구더기 | 백육십육
바른말 | 백육십팔
청렴함과 졸렬함 | 백육십구
고집 때문에 죽은 사나이 | 백칠십
화왕계 | 백칠십일

작품 해설 | 우언을 읽는 즐거움 | 백칠십삼

지혜 · 지략 편

농부에게 배운 황희 정승

황희黃喜 정승은 젊은 시절에 누런 소와 검은 소로 밭갈이하는 농부를 보고 물었다.

"두 마리 소 중 어느 게 나은가?"

농부는 길모퉁이까지 나와서 조용히 말했다.

"누런 소가 더 낫습니다."

그러자 공이 물었다.

"어째서 진작 말하지 않았는가?"

"소는 비록 짐승이지만 능히 사람의 말을 알아듣습니다. 차마 듣는 데서 우열을 말할 수가 없었습니다."

공은 농부의 말을 평생토록 마음에 새겨, 남의 잘잘못을 말하지 않았다.

─『기문총화記聞叢話』

관대한 사람

성안공成安公 상진尙震은 됨됨이가 관대하여 평생 남의 잘못을 말한 적이 없었다. 어느 날 어떤 손님이 한 쪽 다리가 짧은 사람을 절름발이라고 놀리자, 상진이 말했다.

"손님은 어찌하여 남의 단점을 말하십니까? 마땅히 한 쪽 다리가 길다고 하셔야지요."

부훤당負暄堂 오상吳祥은 젊은 시절에 이런 시를 지었다.

복희씨 때 좋은 풍속 이제는 사라진 듯
술자리 봄바람만 남아 있구나.

상진이 그 시구를 보고 탄식했다.

"내가 오상은 마침내 큰 그릇이 될 것이라고 했는데, 말이 어찌 이리도 야박한고?"

그러더니 붓을 들어 이렇게 고쳤다.

복희씨 때 좋은 풍속 아직도 남아
술자리 봄바람을 찾아볼 수 있구나.

― 『기문총화』

원님의 판결

두 사람이 매 한 마리를 가지고 서로 자신의 매라며 다투었다. 아무리 다투어도 결판이 나지 않자 원님에게 갔다. 원님이 두 사람의 말을 들어 보니 둘 다 옳은 것 같았다.

"너희가 서로 자기 매라고 하니 할 수 없다. 둘이서 반씩 나누어 가져라."

그러고는 매 다리 하나씩을 잡아당겨 찢어 가지라고 했다. 두 사람은 매 다리를 하나씩 잡고 잡아당기기 시작했다. 그런데 매가 찢어지려 하니까 한 사람이 '매가 죽는다.'고 하면서 잡았던 다리를 놓았다. 원님은 이것을 보고 매 임자는 이 사람이라고 하면서, 매를 그 사람에게 주고, 끝까지 잡아당긴 사람은 거짓말을 했다고 벌을 주었다.

— 『한국구전설화』

송아지를 무와 바꾼 사람

옛날에 한 농사꾼이 채마밭에서 사람 몸집만한 큰 무 하나를 캐었다. 이런 희귀하고 큰 무는 나 같은 농사꾼이 먹어서는 안 되고 사또한테 바쳐야겠다고 생각했다. 그래서 고운 짚으로 무를 싸서 사또한테 갔다.

"저는 수십 년 동안 채마 농사를 지었는데, 올해는 사람 몸집만한 무가 나왔습니다. 모두 사또님의 은덕 같습니다. 그래서 이 무를 사또님께 바치려고 가져왔습니다."

사또는 농사꾼의 마음씨가 고와서 하인을 불러 물었다.

"거 요새 들어온 것 뭐 있나?"

"예, 송아지 한 마리가 있습니다."

사또는 송아지를 농사꾼에게 주라 했다. 농사꾼은 무 하나를 바치고 송아지 한 마리를 얻게 됐다.

이웃 사람 하나가 무 하나를 바치고 송아지 한 마리를 얻었다는 소문을 들었다. 그 사람은 송아지 한 마리를 바치면 논마지기나 얻겠구나 하는 생각으로 송아지 한 마리를 끌고 사또한테 갔다.

"사또님 저는 수십 년 소를 먹여 왔는데 올해는 이처럼 좋은 송아지가 나왔습니다. 이것을 팔기가 아까워 사또님한테 바치려고 끌고 왔습니다."

사또는 기뻐서 하인을 불러 물었다.

"여봐라, 요사이 뭐 들어온 것 없느냐?"

"요전에 들어온 무밖에 없습니다."

그러자 사또가 말했다.

"그럼 그 무를 이 사람에게 상금으로 주어라."

−『한국구전설화』

어머니를 구한 아이

옛날에 한 군수가 길을 가다가 고운 여자를 보자 욕심이 났다. 이 여자를 빼앗으려고 여자의 남편을 불러들였다. 때는 마침 겨울이었다. 군수는 이 겨울에 남편에게 머루 서 말을 따오라고 하면서, 만일 따오지 못하면 아내를 빼앗겠다고 했다. 남편은 집에 들어와서 울었다. 아들이 보고 물었다.

"아버지, 왜 울고 계세요?"

"글쎄 말이다, 군수가 이 겨울에 머루 서 말을 따오라는구나. 그렇지 않으면 네 어머니를 빼앗겠다고 하는구나. 이 겨울에 어디 가서 머루를 따오겠느냐? 네 어머니를 빼앗기게 되어서 운다."

그러니까 아들이 말했다.

"제가 내일 가서 잘 해결하겠으니 아버지는 염려 마세요."

아들이 다음 날 군수한테 갔다. 군수가 아이에게 물었다.

"네 아버지가 왜 안 오느냐?"

"우리 아버지는 머루 따러 산에 갔다가 뱀에 물려 죽게 됐어요."

"뭐, 어떻게? 뱀에 물려 죽게 됐다고? 이 추운 겨울에 어디 뱀이 있겠느냐?"

군수가 짜증을 내며 말했다. 그러자 아이가 말했다.

"그러면 이 추운 겨울에 머루가 어디에 있다고 따오라고 하십니까?"

군수는 이 말을 듣자 '내가 잘못했다.'고 하면서 상금을 주었다.

－『한국구전설화』

농부의 꾀

어떤 농부의 콩밭을 변호사네 소가 다 뜯어 먹었다. 농부는 변호사한테 가서 '당신네 소가 우리 콩밭의 콩을 다 뜯어 먹었으니 물어내라.' 고 하려다가, 사실대로 말하면 말 잘하는 변호사가 이런저런 핑계를 대면서 물어 줄 것 같지 않았다. 그래서 이렇게 말했다.

"변호사님, 우리 소가 변호사님네 콩밭을 다 뜯어 먹었는데, 제가 콩 값을 물어내야 합니까, 안 물어내도 됩니까?"

변호사는 이 말을 듣고 말했다.

"당신네 소가 우리 콩밭을 다 뜯어 먹었으면 당연히 콩 값을 물어내야지요."

이 말을 듣고 농부가 다시 말했다.

"아 참, 제가 말을 잘못했습니다. 변호사님네 소가 우리 콩밭을 다 뜯어 먹었습니다. 변호사님이 콩 값을 물어내야 합니까, 안 물어내도 됩니까?"

변호사는 하는 수 없이 콩 값을 물어 주었다.

-『한국구전설화』

아침에 심어서 저녁에 따는 박

옛날에 한 사람이 장가를 갔는데 새색시가 첫날밤에 자다가 방귀를 뀌었다. 새신랑은 '이거 안 된 색시군.' 이라고 생각하며 소박을 놓았다.

이 색시가 아이를 배어 아들을 낳았는데, 아이가 자라서 어머니한테 물었다.

"나는 왜 아버지가 없는지요?"

"왜 아버지가 없겠니? 있단다."

아들이 다시 물었다.

"그러면 우리는 왜 아버지와 함께 살지 않아요?"

그러자 어머니가 말했다.

"결혼 첫날밤에 내가 방귀를 뀌었더니 네 아버지가 나를 소박하고 돌아오지 않는구나."

이 말을 들은 아이는 박씨를 가지고 아버지가 사는 마을에 가서 그 집 앞을 왔다 갔다 하며 소리쳤다.

"아침에 심어서 저녁에 따는 박씨 사시오."

그러자 한 남자가 나와 박씨를 사겠다고 했다.

아이가 말했다.

"이 박씨는 방귀 안 뀌는 사람이 심어야 아침에 심어 저녁에 딸 수 있습니다."

남자가 나무라며 말했다.

"세상에 방귀 안 뀌는 사람이 어디 있다더냐? 허튼소리 마라!"

그러니까 아이가 되물었다.

"그러면 어째서 우리 어머니를 첫날밤에 방귀 뀌었다고 소박하였습니까?"

남자가 그 말을 듣고는, 이 아이가 첫날밤에 방귀 뀌었다고 소박을 놓은 색시의 아이라는 걸 알고 색시를 데려와 함께 잘 살았다.

- 『한국구전설화』

머슴의 꾀

옛날에 어떤 집에서 저녁밥을 늘 늦게 해먹으면서, 머슴은 불도 안 켠 컴컴한 부엌 구석에서 먹게 했다. 머슴이 이것을 늘 못마땅해하면서, 주인네 버릇을 어떻게 고칠까 궁리했다.

하루는 저녁밥을 먹다가 느닷없이,

"아이고오, 눈이야!"

하면서 눈을 움켜쥐고 마당으로 나오면서 법석을 피웠다.

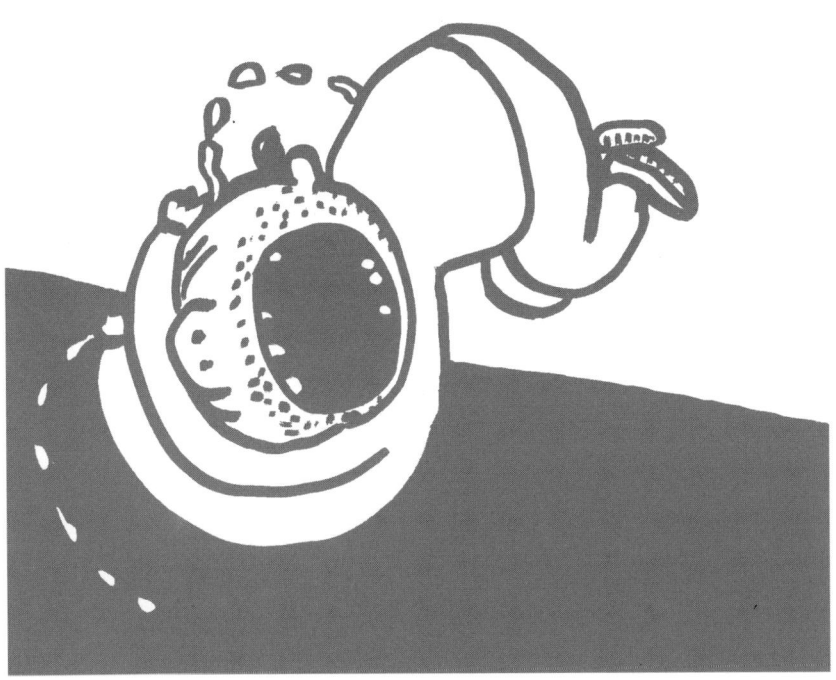

주인이 이것을 보고 물었다.
"밥 먹다가 별안간 왜 그러냐?"
머슴이 대답했다.
"밥을 먹는데 부엌이 하도 컴컴해 장을 떠서 입에다 넣는다는 것이 그만 눈에다 떠 넣어 눈이 쓰라려서 그럽니다."
주인이 그 뒤부터는 밥을 일찍 해주더란다.

－『한국구전설화』

박쥐의 변명

봉황 생일잔치에 다른 새들은 모두 와 축하를 하는데, 유독 박쥐만 오지 않았다. 봉황이 박쥐를 꾸짖었다.

"너는 내 아래에 있으면서 어찌 이렇게 방자하게 군단 말인가?"

박쥐가 말했다.

"나는 다리가 있으니 길짐승에 속합니다. 어떻게 축하하러 올 수 있겠습니까?"

하루는 기린 생일잔치에 온갖 짐승이 와서 축하했다. 그런데 박쥐가 또 오지 않았다. 기린이 불러 꾸짖자, 이번에는 박쥐가 이렇게 변명했다.

"나는 날개가 있으니 날짐승에 속합니다. 어떻게 축하하러 올 수 있겠습니까?"

― 홍만종洪萬宗의 『순오지旬五志』

살인강도를 잡은 아이

김화金化현의 시골 부자가 토산兎山을 오고 가며 거간* 노릇을 하였는데, 김화에서 토산까지는 사람이 잘 다니지 않는 두메산골이었다. 하루는 토산 시장에서 소를 팔아 돈 수십 냥을 싣고 돌아왔다. 아버지는 앞에 서고 아들은 뒤따라가는데, 아들은 겨우 열너댓 살이었다. 가다가 한 곳에 이르자 갑자기 건장한 사내가 우묵한 곳에서 튀어나오더니, 아버지를 찔러 죽이고, 아들까지 죽이려고 하였다. 그러자 아들이 애걸하며 말했다.

"저는 토산 모 주막에서 빌어먹는 아이입니다. 부모 형제도 없고 친한 사람도 없어, 주막에서 빌붙어 살고 있지요. 이 사람이 돈을 주며, 소를 몰며 동행해 달라기에 따라온 것입니다. 저 같은 불쌍한 아이를 죽여 무엇하겠어요? 만일 저를 살려만 주시면 아저씨의 졸개 노릇을 하겠으니 살려 주세요."

도적이 허락하고 소를 몰게 하여 토산 읍내에 이르렀다. 고깃간에서 소를 팔려고 한창 값을 흥정하는데, 아이가 목청껏 소리쳤다.

"이 사람은 우리 아버지를 죽인 도적이에요! 제가 곧장 관청에 고발하겠으니 여러분은 이놈을 붙잡아 두세요."

여러 사람이 매우 놀라 도적을 묶었다. 아이가 관청에 들어가 정황을 울며 호소하자, 관청에서 법에 따라 처리하였다.

— 이희준李羲準의 『계서야담溪西野談』

---

* 거간(居間) | 사고파는 사람 사이에서 흥정을 붙이는 사람.

토끼와 거북이

옛날 동해 용왕의 딸이 가슴앓이를 했다. 의원이 말했다.

"토끼 간을 구해 약을 지으면 치료할 수 있습니다. 그러나 바다 속에는 토끼가 없으니 어쩔 수 없습니다."

이때 한 거북이가 용왕에게 아뢰었다.

"제가 그것을 구할 수 있습니다."

거북이가 드디어 뭍에 올라가서 토끼를 만나 말했다.

"바다 속에 섬 하나가 있는데, 맑은 샘물과 흰 돌, 울창한 숲과 맛있는 과일이 있단다. 춥지도 덥지도 않고 새매도 침입하지 못하지. 네가 가기만 하면 편히 지내면서 아무 근심이 없을 거야!"

그리하여 토끼를 등에 업고 헤엄쳐 한 마장*쯤 갔다. 그때 거북이가 토끼를 돌아보며 이렇게 말하는 것이 아닌가.

"지금 용왕의 딸이 병들었는데 토끼 간이 있어야 약을 지을 수 있어. 그래서 이렇게 고생을 마다 않고 너를 업고 가는 거야!"

그러자 토끼가 말했다.

"아아, 나는 신의 자손이어서 오장을 꺼내 씻어서 넣을 수 있지. 얼마 전에 속이 좀 거북한 듯하여 간과 염통을 꺼내 씻어서 잠시 바위 밑에 두었는데, 네 달콤한 말을 듣고 곧바로 오느라 간이 아직도 거기에 있어. 돌아가서 간을 가져오는 것이 어떻겠니? 그러면 너는 구하는 것을 얻고, 나는 간이 없어도 살 수 있으니 둘 다 좋은 일이 아니겠어?"

거북이가 그 말을 믿고 돌아갔다. 토끼는 언덕에 오르자마자 도망하여 풀 속에 들어가 거북이에게 말했다.

"너는 참 어리석구나. 간 없이 사는 자가 어디 있단 말이냐?"

거북이는 멍해져 말없이 물러섰다.

— 김부식金富軾의 『삼국사기三國史記』

* 한 마장 | 십리가 못 되는 거리.

떡을 차지한 두꺼비

두꺼비, 토끼, 여우가 떡 하나를 얻자 서로 뜻을 모아 말했다.

"떡 하나를 나누어 봤자 먹잘 것 없으니, 술을 못 마시는 자가 먼저 먹도록 하자!"

먼저 토끼가 말했다.

"나는 누룩만 봐도 취하지."

여우가 뒤를 이어 말했다.

"나는 밀밭만 지나도 취해."

두꺼비는 쓰러질 듯 곤드레가 된 모습을 하며 중얼거렸다.

"나는 두 사람의 말만 듣고도 이미 엄청 취했어."

토끼와 여우는 떡을 먹을 수 없을 것 같아 다시 꾀를 내었다.

"떡을 먹는데 술 못 먹는 것으로 선후를 결정해서는 안 되겠어. 나이 많은 사람이 먼저 먹도록 하자!"

그 소리를 듣자마자 토끼가 말했다.

"나는 천지가 개벽할 때 태어났어."

그러자 여우가 말을 이었다.

"나는 천지가 열리기 전에 태어났지."

그런데 두꺼비는 아무 말 하지 않고 흑흑 흐느끼며 눈물을 뿌리고 있었다. 토끼와 여우가 이상해서 물었다.

"너는 어찌 이리 울기만 하니?"

두꺼비는 슬프게 울먹이면서 천천히 말했다.

"나한테는 두 아들이 있었는데 모두 죽어 버렸어. 큰아들은 천지가 열리기 전에 죽었고 작은아들은 천지가 열릴 때 죽었어. 그대 두 사람은 살아 있는데 내 아들들은 어찌 이리도 빨리 죽었단 말인가! 내가 그래서 슬퍼하는 거야."

이 말을 들은 토끼와 여우는 두꺼비에게 무릎을 꿇고 사죄하면서 떡을 바쳤다.

― 김정국金正國의 『사재집思齋集』

책 읽는 즐거움

화양자華陽子는 책을 매우 좋아했다. 제자가 물었다.
"선생님께서 종일 책을 손에서 놓지 않는 것은 무엇 때문입니까?"
화양자가 말했다.
"농부는 쟁기와 보습을 손에서 놓지 않고, 어부는 그물을 손에서 놓지 않으며, 장인은 칼과 톱을 놓지 않고, 장사꾼은 시장의 흐름을 살필 수 있는 목 좋은 자리를 놓치지 않는 것이 자연의 도리지."
제자가 말했다.
"무릇 농부와 어부, 장인, 장사꾼은 단지 하나의 일에만 종사하고 있어서 그 직업을 잃어버리면 먹고 살길이 없습니다. 그래서 그 도구를 놓지 않는 것이지요. 선생님께서는 재주와 덕을 온전히 겸비하고 여러 흐름을 집대성하셨으며, 관직이 높습니다. 또 책은 고기 잡는 데 쓰는 통발이나 제사 때 쓰는 추구*처럼 쓰고 나서 버리는 물건과 같으니, 선생님께서는 잊어도 괜찮을 것 같습니다. 잊어도 괜찮을 것을 잊지 않는 것은 곧 지엽적인 것에 얽매인 것이 아닌지요?"
"그렇지 않아. 책은 나의 도구야. 나는 하루라도 이 도구를 놓아두고서는 즐거울 수가 없지. 지혜로운 자는 책을 통하여 더욱 현명해지고, 꾀 있는 자는 책을 통하여 더욱 심오해지며, 현명한 자는 책을 통하여 더욱 총명해지며, 이름이 있는 자는 책을 통하여 더욱 저명해지는 것이야. 임금께서는 이 때문에 나를 무능하다고 여기지 않고 나에게 정사의 권한을 주신 것이다.

내가 온 힘을 다해 직분을 받들어 행하고, 옛 도를 행하며 요즘에 맞게 시행하는데, 책이 없다면 아무것도 할 수 없지."

제자가 말했다.

"그것을 말하는 것이 아닙니다. 선생님의 연세가 저녁 해가 서산에 이르러 어둑해진 것 같은데도 오히려 더욱 노력하시면서 고생인 줄도 모르고 계시기에 하는 말입니다."

"공자가 '아침에 도를 들으면 저녁에 죽어도 좋다.', '나에게 몇 년을 더 살게 해주어 『주역』을 배울 수 있다면 큰 잘못은 없게 될 것이다.' 라고 말하지 않았던가? 책 속에 저절로 즐거운 곳이 있는 법이야. 이러한 즐거움으로 근심을 잊고 살다 죽는 것이 바로 나의 뜻이라네."

— 성현成俔의 『부휴자담론浮休子談論』

---

* 추구(芻狗) | 짚으로 엮은 인형.

물건 되찾기

어떤 마을에 대대로 잘살다가 중간에 가난해진 자가 있었는데, 그 집은 동쪽에 있었다. 동쪽 집안은 망한 뒤 선조가 남긴 귀중한 기물을 잃어버리고 오직 집 한 채와 솥만 남았다. 그런데 서쪽에 살던 어떤 집안이 갑자기 잘살게 되었다는 소문이 났다. 서쪽 집 사람은 먼 지방에서 이사와 그의 선조가 누구인지 아무도 알지 못했다.

동쪽 집에는 아들 셋이 있었는데, 맏이가 서쪽 집에 품을 팔아 날마다 품삯을 받아먹고 살았다. 오랫동안 그렇게 하다 보니 서쪽 집의 깊은 광을 샅샅이 알고 번쩍번쩍한 진기한 보물도 엿보게 됐다. 그것들이 아름답다는 생각이 들어 둘째 아우에게 은밀하게 그 비밀을 말했다. 둘째는 맏이를 길잡이 삼아 서쪽 집 담을 넘어 뒤져 바리바리 가져와서 보니 모두 자기 집에서 잃어버린 귀중한 기물이었다. 막내가 화를 내며 말했다.

"이것은 우리 집 보물을 훔친 것이니, 마을 사람들에게 말해야겠다."

그러고는 자기 식구들을 몰고 가 서쪽 집 사람들을 위협하여 재물을 빼앗았다. 동쪽 집이 드디어 예전처럼 부유해졌다.

그런 후에 동쪽 집 세 아들의 자식들이 서로 다투었다. 맏이의 아들이 말했다.

"나는 장손이다. 더구나 지난 날 우리 아버지가 길잡이를 하지 않았다면 어떻게 보물을 얻었겠는가?"

그러자 둘째의 아들이 말했다.

"형님 아버지는 도둑의 머슴입니다. 보물은 내 아버지 때문에 얻은 거지요."

막내의 아들이 말했다.

"형의 아버지는 도둑에게서 도둑질한 것이지요. 보물은 내 아버지 때문에 얻은 것입니다."

맏이와 둘째의 아들은 기가 죽어 감히 기물을 다투지 못하고 막내네 아들에게 돌려주었다.

막내네 아들이 장성하자 서쪽 집 아들이 법원의 관리에게 소송을 걸었다.

"저놈의 할아버지는 우리 집에 머슴을 살다가 도둑질을 했으니 보물을 조사해 줄 수 있겠습니까?"

막내 집에서 답변을 했다.

"머슴을 산 사람은 내 할아버지가 아니요, 도둑질한 사람도 내 할아버지가 아닙니다. 도둑을 잡은 사람이 바로 내 할아버지입니다. 도둑을 잡은 것이지, 보물을 얻은 것은 아닙니다. 보물이라 말하는 것은 모두 가짜여서 내 할아버지가 이미 때려부숴 버렸습니다."

법원의 관리가 물었다.

"그렇다면 네 집안은 어디서 보물이 생겼느냐?"

"이것은 우리 조상의 귀중한 기물인데 중간에 잃어버린 적이 있습니다. 그것을 제 할아버지가 찾아내신 것이지 도둑이 말하는 보물이 아닙니다."

관리가 이 말을 듣고 서쪽 집 사람을 곤장 쳐 돌려보냈다.

― 이건창李建昌의 『명미당집明美堂集』

소 장사와 중

산속에 중 하나가 신을 삼으며 살아갔다. 하루는 인삼을 사려고 돈 두 냥을 차고 청주 읍내 장에 가다가, 길에서 망태기 하나를 주었다. 망태기 속에 돈 이십 냥이 있자 중이 이상하게 생각했다.

"이것은 분명 장에 가는 사람이 잃어버린 것이리라."

중은 자신의 인삼 값 두 냥을 마저 망태기에 넣고 등에 지고 가 평소에 잘 아는 가게에 맡기고, 여기저기 다니며 돈 임자를 찾아 돌려주려 하였다. 조금 지나 어떤 소 장사가 제 동료에게 말했다.

"내가 돈 사십 냥을 가지고 소 두 필을 사려고 한 필은 먼저 다른 장에서 사고, 한 필은 이 장에서 사려고 이십 냥을 소 등에 싣고 오늘 새벽에 길을 떠났네. 그런데 지금 여기 와 보니 소 등에 실은 돈이 없어져 버렸네. 어디에 떨어졌는지 어떻게 알겠으며 이 많은 사람 중에 누구에게 물어보겠는가."

그 사람은 이마를 찧으며 탄식했다. 중은 '이 사람이 분명 돈 임자이겠구나.'라는 생각이 들었다.

그래서 돈 액수를 물어보니 그 사람이 대답했다.

"이십 냥이요."

또 어디에 넣어 두었는지를 물었다.

"노끈으로 만든 망태기요."

중이 다 듣고서 그 사람을 데리고 돈을 맡겨 둔 가게에 가서 망태기를 내어 소 장사에게 줄 때, 두 냥을 꺼내면서 말했다.

"이것은 본디 소승의 삼 값이니 잃어버린 이십 냥만 주겠소."

소 장사가 이십 냥을 헤아려 받을 때 갑자기 나쁜 마음이 들었다.

"두 냥도 내 돈이오. 아까 다만 소 값 이십 냥만 말하고 베 값 두 냥은 잠깐 잊고 말하지 않았던 거요."

그 사람은 망태기를 붙들고 놓지 않았다. 그러자 중이 꾸짖으며 말했다.

"이 돈은 정말 소승의 삼 값이오. 소승이 과연 돈 먹을 마음이 있었으면 어찌 이십 냥을 다 가지지 않고, 두 냥만을 욕심 낼 리 있겠소. 그대가 아까는 분명 이십 냥을 잃었다고 하다가, 지금 소승의 돈을 보고 갑자기 말을 바꾸어 베 값 두 냥을 더 넣고 잊었다 하니 말이 되지 않소. 산중에서 사는 소생은 본디 검은 마음이 없어 길에 떨어진 돈을 주어 주인을 찾아 주려 하였소. 그런데 그것을 은혜로 알기는커녕 도리어 나쁜 마음을 품고 남의 돈까지 가지려 하니, 부끄럽지도 않소?"

소 장사가 말했다.

"아까 이십 냥만 말한 것은 소 값이 중요하여 갑자기 대답한 것이오. 베 값은 사소한 것이라 잠시 잊고 있었는데, 돈을 보니 이제야 생각이 났소. 어떤 천하의 미친놈이 생불生佛 같은 사람에게 이미 소 값을 찾고 또 얼마 안 되는 돈까지 빼앗아 제 것으로 삼을 리 있겠소? 다급하여 허둥거리다가 잊어버린 것이오."

여러 사람이 보는 가운데 이렇게 다퉈도 다른 사람이야 누가 옳은지 말할

수 없었다. 그래서 함께 관청에 가 옳고 그름을 따지게 되었다. 그곳 고을을 맡은 홍양묵洪養默은 본디 일처리가 명백하기로 유명하였다. 두 사람이 각각 까닭을 말하니, 홍공이 두 사람의 말을 자세히 들은 뒤 먼저 소 장사에게 말했다.

"네가 잃은 돈은 정녕 이십이 냥인데, 저 중에게서 받은 것은 이십 냥뿐이냐?"

"그렇습니다."

"그렇다면 네가 잃은 돈 이십이 냥은 분명 다른 사람이 주웠을 것이요, 저 중이 주운 것은 너의 돈이 아니겠구나. 너는 나가서 네 돈 주은 사람을 찾아 이십이 냥의 액수를 맞추어 찾으라."

홍공은 또 중에게 말했다.

"네 주운 돈은 정녕 이십 냥뿐이고, 소 장사가 잃은 돈은 이십이 냥이라 하는데 사실이냐?"

"그렇습니다."

"그렇다면 네가 주운 돈은 분명히 다른 사람의 것이다. 소 장사의 물건은 아니니, 네가 상관할 바가 아니다. 너도 이십 냥 잃은 사람을 널리 찾아 확실하게 맞추어 주라."

홍공이 이렇게 판결하니 두 사람 다 동헌 뜨락을 물러 나왔다. 소 장사는 머리를 숙이고 정신 잃은 사람 같았다. 그때 중이 말했다.

"나리의 판결이 참으로 명백하시니 주운 이십 냥을 주지 않아야겠지만, 석가모니의 제자가 되어 부당한 재물을 가질 수야 있겠는가."

중이 돈을 소장사에게 돌려주며 타일렀다.

"다음부터는 이런 나쁜 마음을 먹지 마시오. 이 돈을 가져가시오."

－『청구야담靑邱野談』

해학 · 풍자 편

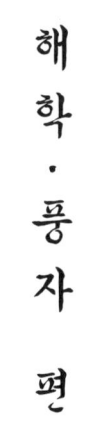

개미, 메뚜기, 왜가리

옛날에 개미, 메뚜기, 왜가리 셋이서 만났다. 모처럼 만났으니 한바탕 잔치를 벌이자며 서로 먹을 것을 얻으러 나갔다. 개미는 광주리에 밥을 이고 가는 여자의 다리를 물어 그 여자가 놀라 넘어지자 쏟은 밥을 물어 왔다. 왜가리는 고기 한 마리를 물고 왔다. 그런데 메뚜기는 오지를 않았다. 아무리 기다려도 메뚜기가 오지 않아 배가 고픈 개미와 왜가리는 밥이나 먹고 메뚜기를 찾아보기로 했다. 둘이서 밥을 먹다가 왜가리가 잡아온 고기의 배를 째보니 뱃속에서 메뚜기가 튀어나왔다. 메뚜기는 튀어나오며 이마를 홱 쓸며 '이 고기는 내가 잡은 고기다.'라고 했다. 이때 이마를 홱 쓸어서 메뚜기의 이마가 홀랑 벗겨져 민들민들하게 되었다. 왜가리는 자기가 잡은 고기를 메뚜기가 잡았다고 우기니까 그만 화가 나서 입을 쭈욱 내밀었다. 그랬더니 왜가리의 입은 기다랗게 되었다. 개미는 메뚜기 이마가 홀랑 벗겨지고 왜가리 입이 기다랗고 뾰족해진 것을 보고는 너무너무 우스워 허리를 잡고 웃다가 그만 허리가 잘록해졌다.

- 『한국구전설화』

혹 붙인 사연

옛날에 한 쪽 볼에 커다란 혹이 달린 사람이 있었다. 하루는 어디를 가는데 날이 저물어서 길가의 빈 집으로 들어가 밤을 새려고 했다.

한밤중이 되니까 도깨비들이 모여들어서 저희끼리 떡과 밥과 술을 꺼내놓고 먹고 마시며 떠들었다. 이 사람은 도깨비들이 먹고 마시고 떠드는 것을 보고 있자니 저도 모르게 흥이 나서 노래를 불렀다. 도깨비들은 노랫소리를 듣고 그렇게 듣기 좋은 노랫소리가 어디서 나오느냐고 물었다.

그러자 혹 달린 사람이 자기 혹을 가리키며 대답했다.

"여기에서 나오지."

한 도깨비는 그 혹을 자기한테 달라고 하더니 어느새 떼어 갔다. 혹을 떼어 가는데 하나도 아프지 않았다.

이 사람 옆집에도 오른쪽 볼에 커다란 혹이 붙은 사람이 있었다. 옆집 사람은 감쪽같이 혹이 없어진 이웃 사람을 보고는 물었다.

"자네는 어떻게 해서 혹이 없어졌는가."

그래서 혹을 떼게 된 사연을 이야기해 주었다. 그 이야기를 들은 옆집 사람은 자기도 혹을 떼려고 길을 가다가 말해 준 빈 집에 들어가서 자려고 했다. 밤중에 도깨비들이 모여서 밥이야 떡이야 술을 먹고 떠들자 이 사람도 노래를 불렀다. 도깨비들이 와서 그런 소리가 어디서 나느냐고 묻자 역시 이 혹에서 난다고 했다.

그러자 도깨비가 말했다.

"어제도 어떤 사람이 와서 노래를 부르기에 그런 노랫소리가 어디서 나느냐고 물었다. 혹에서 난다고 해서 혹을 떼어서 가져갔는데 아무 소리도 나지 않았다."

그러고는 이 혹마저 가져가라고 혹을 왼쪽 볼에 딱 붙여 주었다.

이래서 혹 떼러 갔다가 혹 붙였다는 말이 생겼다.

- 『한국구전설화』

먹으면 죽는다는 알사탕

시골 훈장이 장에 가서 알사탕을 많이 사다가 책상 서랍에 넣어 두고 혼자만 먹었다. 아이들에게는 '이건 아이들이 먹으면 죽는 약이다.'라고 말했다. 훈장은 자기가 나들이 간 틈에 아이들이 꺼내 먹을까봐 거짓말을 한 것이다. 그런데 아이들이 그런 말에 속을 리가 없었다. 어떻게 하면 저 사탕을 먹어 볼까 궁리하던 차에 하루는 훈장이 나들이를 갔다. 한 아이가 이 짬에 사탕을 먹으려고 꾀를 냈다. 먼저 훈장 선생이 제일 소중하게 아끼는 벼루를 깨뜨렸다. 그러더니 사탕을 하나씩 글방 아이들 입에 넣어 준 뒤, 너희는 누워서 눈감고 죽은 체하고 있으라고 말했다. 모두 사탕을 입에 물고 가만히 드러누워 있는데 훈장 선생이 돌아와서 이 모습을 보고 야단을 쳤다.

"어떻게 너희는 읽으라는 글은 안 읽고 모두 드러누워 있단 말이냐?"

그러니까 한 아이가 대답했다.

"예, 우리가 선생님이 나들이 나간 틈에 장난을 좀 하다가 그만 선생님이 제일 소중하게 아끼는 벼루를 깨뜨렸습니다. 죽을죄를 지었기에, 모두 죽으려고 아이들이 먹으면 죽는다는 약을 선생님 서랍에서 꺼내 먹고 드러누워 있습니다."

- 『한국구전설화』

상놈의 인사

옛날에 한 상놈이 소를 타고 가다가 말을 타고 오는 양반을 만났다. 상놈은 소 잔등을 타고 앉은 채 양반에게 인사를 했다. 양반은 상놈의 버르장머리 없는 인사를 받고 그만 화가 나 나무랐다.

"이놈! 양반을 보고 인사를 하려면 소에서 내려 인사를 할 것이지, 소 잔등에 앉은 채로 그냥 인사를 해? 이 고얀 놈 같으니라고."

그러자 상놈이 이렇게 항변하더라나.

"그럼 양반이 땅 위에 섰으면 우리 같은 상놈은 땅속으로 들어가 인사를 하란 말씀입니까?"

- 『한국구전설화』

두꺼비와 토끼

두꺼비와 토끼가 만나서 떡을 해먹자 하고서는 떡을 한 솥 쪘다. 그런데 토끼는 떡을 혼자 다 먹고 싶었다.

"야, 두껍아!"

"왜?"

"우리 이 떡을 그냥 먹는 것보다 저기 저 산 위에서 산 아래로 떡 솥을 굴려서 네가 줍는 것은 네가 먹고, 내가 줍는 것은 내가 먹기로 하자."

"그것 좋다. 그렇게 하자."

둘은 산 위로 올라가서 떡 솥을 아래로 굴렸다. 토끼는 발이 빨라 떡 솥을 따라 잽싸게 산 아래로 갔지만 두꺼비는 발이 느려 얼른 따라가지 못했다. 그런데 떡 솥은 굴러 내려가다가 떡은 솥에서 빠져나와 나무에 걸리고, 빈 솥만 아래로 계속 굴러 내려갔다. 결국 빨리 쫓아간 토끼는 빈 솥만 갖게 되었고, 두꺼비는 나무에 걸린 떡을 주워 배부르게 먹었다.

- 『한국구전설화』

헛소리의 결과

나무꾼들이 깊은 산중 여기저기 흩어져서 나무를 하고 있는데 그 중 한 사람이 버마재비를 보았다. 이 사람은 버마재비를 보고 큰소리를 지르면서 죽는 소리를 했다.

"아이고, 무서운 것 나왔다. 아이고 죽겠네. 사람 살려!"

나무를 하던 나무꾼들이 그 소리를 듣고 모두 모여들었다. 막상 와 보니 거기에는 무서운 것이 아무것도 없었다. 그래서 뭣 때문에 그렇게 죽는 소리를 했느냐고 물었다. 그러니까 이 사람은 버마재비를 가리키며 웃어댔다.

"아, 범도 무서운데 범의 아재비가 나타났으니 얼마나 무서운가?"

"에이, 싱거운 녀석! 이놈의 허망한 소리 때문에 우리는 나무도 못했네."

모여든 나무꾼들은 투덜투덜하면서 흩어져 다시 나무를 했다.

다음 날 또 나무하러 갔다. 나무를 하고 있는데, 이 날은 참말로 범이 나타났다. 이 사람은 그만 놀라서 큰소리를 질렀다.

"사람 살려! 나 죽는다!"

그런데 다른 나무꾼들은 그 소리를 듣고도 아무도 그 사람 있는 데로 달려가지 않았다. 어저께 아무것도 아닌 버마재비를 보고 지른 소리에 달려갔다가 허망한 꼴만 당하고 왔으므로 '저놈이 오늘도 별 것도 아닌 것을 갖고 법석을 떠는구나.' 라고 하면서 아무도 가지 않았다. 이 사람은 그만 범한테 잡아먹히고 말았다.

－『한국구전설화』

붉은 깃발

어떤 대장이 아내를 몹시 두려워했다. 다른 사람들은 어떤지 궁금했다. 하루는 붉은 깃발과 푸른 깃발을 교외에 세워 놓고 명령을 내렸다.

"아내를 두려워하는 자는 붉은 깃발로 모이고, 아내를 두려워하지 않는 자는 푸른 깃발로 모여라."

사람들은 모두 붉은 깃발로 갔다. 그런데 한 사람만이 유독 푸른 깃발로 가는 것이다.

대장은 그를 장하다고 칭찬했다.

"자네 같은 사람이야말로 진정한 대장부로다. 천하의 남자들이 한결같이 아내를 두려워한다네. 나도 대장으로서 백만의 대군을 이끌고 전장에 나서면 죽을힘을 다해 싸우지. 화살과 돌이 비처럼 날아들어도 담력이 커서 조금도 위축당하지 않는다네. 하지만 집에 돌아와 잠자리에만 들면 사내로서의 위엄을 지키기는커녕 도리어 아내에게 제압을 당한다네. 그런데 자네는 어떻게 자신을 단련했기에 그렇게 할 수 있단 말인가?"

그러자 그 사람이 대답했다.

"아내가 항상 제게 주의를 주기를, '남자들은 셋만 모이면 반드시 여자를 이야깃거리로 삼으니, 세 사람 이상이 모이는 곳에는 절대로 가까이 가지 마시오!' 라고 했습니다. 지금 붉은 깃발을 보니 모인 사람들이 매우 많아 그리로 가지 않은 것뿐입니다."

— 서거정徐居正의 『태평한화골계전太平閑話滑稽傳』

말 대신 닭

김 선생은 우스개 소리를 즐겼다.
그가 한번은 친구의 집에 찾아간 적이 있었다. 친구는 술상을 내오면서 안주가 채소뿐이라며 먼저 사과부터 했다.

"집은 가난하고 시장마저 멀다네. 맛있는 음식은 전혀 없고 담박한 것뿐이네. 그저 부끄러울 따름일세."

그때 마침 한 무리의 닭이 마당에서 어지럽게 모이를 쪼고 있었다.
김 선생이 그것을 보며 말했다.

"대장부가 친구를 사귈 때는 천금도 아까워하지 않는 법이지. 내 말을 잡아 안주를 장만하게."

"하나뿐인 말을 잡으면, 무엇을 타고 돌아간단 말인가?"

"저기 마당에 있는 닭을 빌려서 타고 가려네."

김 선생의 대답에 친구는 크게 웃고서 닭을 잡아 대접하며 실컷 놀았다.

— 『태평한화골계전』

왕의 공양

망덕사望德寺에서 낙성식을 할 때 신라 효소왕孝昭王이 직접 참석해 공양했다. 그때 누추한 비구승이 몸을 웅크리고 뜰에 서서 왕에게 부탁했다.

"저도 이 재*에 참석하게 해주십시오."

왕은 그에게 말석에 끼어 앉도록 허락했다. 모임이 끝날 때쯤 왕은 중을 놀리고 싶어졌다.

"비구는 어디에서 사는가?"

중이 말했다.

"비파암琵琶巖에 삽니다."

"지금 나가거든 다른 사람들에게 국왕이 직접 불공드리는 재에 참석했다고 말하지 말게."

중은 웃으면서 대답했다.

"폐하 역시 다른 사람에게 진신 석가께 공양드렸다고 말하지 마시오."

말을 마치더니 중은 몸을 솟구쳐 하늘로 떠올라 남쪽으로 가 버렸다. 왕은 놀랍고 부끄러워 동쪽 산에 달려 올라가서 그가 간 쪽을 향해 멀리서 절하고 사람들에게 가서 찾아보게 했다.

— 일연一然의 『삼국유사三國遺事』

* 재(齋) | 명복을 비는 불공 행사.

호랑이 함정

무인 홍공洪公은 의로운 사나이다. 기운차게 손에 침을 뱉고 도끼로 산의 나무를 잘라내어 한 길 깊이에 너비가 다섯 자 되는 호랑이 함정을 만들었다. 울 안은 나무를 엮어 네 벽을 만들고 한 면은 틔워서 들창 판板으로 삼았다. 끈으로 잡아당겨 그 판을 들어 세우고 함정 가장 깊숙한 곳에 죽은 개를 쇠고리에 매달아 호랑이를 유인하는 덫을 만들었다. 홍공은 공사를 마치고는 창을 손에 잡고 망을 보았다. 피곤함이 밀려들자 잠이 들어 꿈 한 토막을 꾸었다.

호랑이의 앞잡이 귀신이 큰 호랑이를 타고 휘파람을 불다 흐느끼면서 앞으로 나와 홍공에게 공손히 인사하고 말했다.

"우리 장군께서 무슨 잘못이 있다고 그대는 이렇게 심하게 원수로 여깁니까? 그대는 장군이 잔인하고 포악한 심성이라 하지만 잔인 포악한 심성이야 사람보다 심한 게 없지요. 천지 사이에 목숨 붙이고 사는 것은 모두 하늘이 낳아 번식시킨 것인데, 사람들은 반드시 그것들을 해코지합니다. 저 돌이 무슨 잘못이 있다고 망치질, 문지름질, 갈음질, 끌질을 합니까? 부수어 자갈로 만들어 백 개로 쪼개고, 가루를 내서 만 가지 모래로 만들지요. 나무가 무슨 잘못이 있기에 꼭 톱질, 도끼질, 자귀질, 칼질을 합니까? 부뚜막에서 밥을 지을 때 나무를 태워 재로 만들고, 도랑을 막을 때 사용해 썩게 만들지요. 물고기는 무슨 죄로 통발에다 보쌈이요, 그물질이며 낚시질해서 지느러미를 자르고 비늘을 벗겨 내어 회쳐 먹습니까? 날짐승은 무슨 죄로 주살이다 그물이다 끈끈이 풀로 잡아 깃털을 뽑고 날개를 부러뜨려 산적으로 구워 먹습니까? 들짐승은 무슨 죄로 투망으로 잡고 살촉으로 찍어, 함정에 빠뜨려 간장을 후비고 창자를 베어 내며 털가죽까지 죄다 벗긴 뒤 가마솥에 고아 내 도마에서 썰어 냅니까?

이뿐만이 아니지요. 사람은 같은 부류이면서도 무슨 죄가 있다고 서로 마음에 새겨 말로 상처 내며 총칼로 굴복시키는 것입니까? 형벌이라면서 코를 베고 발꿈치를 자르고 목을 매달아 베며 심지어 일가를 몰살하기도 하지요. 사람의 포악함은 우리 장군에 비해 백 배 천 배나 됩니다. 그런데도 그대는 덫을 놓아 장군을 빠뜨릴 줄 만 알았지, 인간 세상 평지에도 한 걸음에 백 개 천 개의 함정이 있는 줄은 모르고 있지요?"

홍공이 대답했다.

"그렇지 않다. 사람이 곧 하늘이니, 너는 하늘인 사람을 어겼으니 죽어 마땅하다."

말을 마칠 때쯤 홍공이 꿈에서 깨어났다.

— 유몽인柳夢寅의 『어우집於于集』「호정문虎穽文」

관상쟁이

어디서 왔는지 알 수 없는 관상쟁이가 있었다. 그는 『상서相書』도 읽지 않고 전해 오는 관상법도 따르지 않고 이상한 방법으로 관상을 보았으므로 사람들이 '별난 관상쟁이'라고 불렀다. 고관대작과 남녀노소 모두가 그를 다투어 찾아가고 모셔다가 관상을 보았다.

그는 부귀하고 뚱뚱한 사람의 관상을 보고는 이렇게 말했다.

"당신은 몸이 너무 여위었으니, 당신만큼 천한 이가 없겠소."

가난하고 파리한 사람의 관상은 또 이렇게 보았다.

"당신은 몸이 살쪘으니, 당신만큼 귀한 이는 드물겠소."

장님을 보고는 '눈이 밝다.'고 하고, 민첩하고 잘 달리는 사람에게는 '절에서 걸음을 못 걷는다.'고 했다. 얼굴이 예쁜 부인을 보고는 '아름답지만 추하기도 하다.'고 하고, 세상 사람들이 너그럽고 어질다고 하는 사람을 보고는 '만인을 해치는 사람'이라고 하더니, 매우 잔혹한 사람을 두고는 '만인의 마음을 기쁘게 하는 사람'이라고 했다.

그가 관상을 보는 것이 대개 이와 같았다. 길흉화복을 잘 말하지 못할 뿐만 아니라, 용모와 행동거지를 살핌이 모두 다른 관상쟁이와는 반대였다. 그리하여 사람들이 사기꾼이라고 떠들어 대며 잡아다가 거짓말한 죄를 다스리려고 하기에 내가 만류했다.

"말이란 처음에 어긋난 것이 나중에 가서 맞는 경우가 있다. 겉으로는 가깝지만 속으로는 먼 것이 있는 것이다. 그 사람도 눈이 있는데 어찌 살찐 사

람, 여윈 사람, 눈먼 사람을 몰라보고서 살찐 사람을 여위었다고 하고, 여윈 사람을 살쪘다고 하며, 눈먼 사람을 가리켜 밝다고 하겠는가. 이 사람은 기이한 관상쟁이임이 분명하다."

나는 목욕재계하고 단정한 차림으로 관상쟁이가 묵고 있는 곳으로 찾아갔다. 다른 사람들을 내보내고는 관상쟁이한테 물었다.

"그대가 아무아무의 관상을 보고 어떠어떠하다고 한 것은 어째서인가?"

그의 대답은 이러하였다.

"대개 부귀하면 교만하고 남을 능멸하는 마음이 자라나 죄가 쌓일 것이니 하늘이 반드시 뒤엎을 것이요, 그렇게 되면 죽도 제대로 못 먹을 것이므로 여위었다고 하였습니다. 앞으로 몰락하여 보잘것없는 필부가 되겠기에 천해지겠다고 한 것이지요.

가난하고 신분이 낮으면 뜻을 겸손히 하고 저를 낮추어 근심하고 두려워하여 몸가짐을 닦고 반성하게 되니, 고진감래苦盡甘來라 할 것입니다. 이는 배불리 먹을 조짐이 있으므로 살쪘다고 하였으며, 훗날 부귀와 장수를 누리겠기에 귀해지겠다고 하였습니다.

요염한 자태와 아름다운 얼굴을 살펴 가까이하고, 진기한 것과 좋아하는 물건을 탐내며 사람을 혹하게 만들어 삐뚤어지게 하는 것이 눈이지요. 이로 말미암아 헤아릴 수 없는 잘못에 이르게 되니, 이게 바로 어두운 것이 아니겠습니까? 오직 눈먼 사람만은 욕심이 없어 욕볼 일을 멀리하므로 어진 이와 깨달은 이보다 낫습니다. 그래서 밝다고 하였습니다.

　민첩하면 용맹을 숭상하고 용맹하면 뭇사람을 능멸해 마침내는 자객이나 간악한 무리의 우두머리가 될 것입니다. 결국에는 붙잡혀 발에는 차꼬를 차고 목에는 칼을 쓰는 신세가 될 것이니, 아무리 도망치려고 한들 되겠습니까? 그래서 절어서 걸음을 못 걷는다고 하였습니다.

　예쁜 얼굴은 음탕하고 사치스러우며 교만한 사람이 보면 옥구슬처럼 예쁜 것이지만, 방정하고 순박한 사람이 보면 진흙덩이와 같을 뿐입니다. 그러므로 아름답기도 하고 추하기도 하다고 하였습니다.

　어진 사람은 그가 죽으면 어리석은 백성이 마치 어머니를 잃은 아이처럼 사모하는 마음으로 울고불고하므로 만인을 해치는 사람이라고 하였습니다. 반면 잔혹한 사람은 죽으면 거리마다 기뻐서 노래하며 양을 잡고 술을 마시며 웃느라 입을 다물지 못하는 사람도 있고, 손바닥이 아프도록 박수를 치는 사람도 있을 것이므로, 만인을 기쁘게 하는 사람이라고 하였습니다."

　"과연 네 말대로다. 이 사람이야말로 진짜 관상쟁이로구나. 너의 말은 명심해 둘 만하다. 어찌 겉모습에 따라 귀한 상을 말할 때는 '거북 무늬에 무소뿔'이라 하고, 나쁜 상을 말할 때는 '벌의 눈에 승냥이 소리'라 하여 잘못된 관습에 얽매여 상투적인 예법이나 따르며 제 잘난 체하는 무리와 견주겠는가."

　나는 놀라 일어나 이렇게 말하고 돌아와 그의 대답을 적었다.

―이규보李奎報의 『동국이상국집東國李相國集』

공방전

엽 전 공방孔方의 자字는 '꿰미'다.
그 선조는 백이 숙제가 굶어 죽었다는 수양산 동굴에 숨어 지내며, 세상에 나와 쓰인 적이 없었다. 인류 최초로 전쟁을 한 황제黃帝 때 비로소 뽑혀 조금 쓰였다. 그러나 성질이 강경하여 그다지 세상일에는 적응하지 못했다. 황제가 눈썰미 있는 장인을 불러 보이자 장인이 한참 동안 자세히 들여다보고 말했다.

"산야山野의 기질이라 거칠어 비록 쓸 수 없지만, 만일 폐하께서 사람을 조화롭게 만드는 도가니 속에서 노닐게 하여 때를 벗기고 문질러 광을 낸다면 그 자질이 점점 드러날 것입니다. 왕은 사람을 그 규모대로 쓰는 법이니, 폐하께서는 사나운 구리와 함께 내버리지 마소서."

이때부터 공방은 세상에 알려졌고, 뒷날 난리를 피하여 강가의 숯불 화덕* 거리로 옮겨가 가문을 일구었다. 아버지 화천*은 주周나라 정승으로서 나라의 조세를 맡았다.

공방은 됨됨이가 겉은 둥글둥글하지만 속은 모가 났다. 때를 좇아 임기응변을 잘하고 한漢나라에서 벼슬하여 외국의 빈객을 접대하는 홍려경鴻臚卿이 됐다. 이때 오吳 땅에 봉해진 한고조의 조카 유비劉濞가 교만하여 분수를 넘어 권력을 쥐고 흔들었는데, 공방이 그와 더불어 이익을 추구했다. 한 무제 때는 온 나라의 자원이 고갈되어 관아의 창고가 텅 비니 황제가 근심하여 공방을 부민후*로 임명했다. 그의 제자 충*과 염철승 공근*이 함께 조정에 있었는데, 공근이 늘 '친형님'이라 부르고 이름을 부르지 않았다.

공방은 성격이 탐욕스럽고 염치가 없었다. 그가 일단 재정을 총괄하자 원금과 이자를 가볍게 하다가 무겁게 하는 변통을 부리기 좋아했다. 그는 이렇게 생각했다.

"나라를 편하게 하는 것은 반드시 옛날처럼 질그릇, 쇠붙이를 빚는 기술에 있는 것만은 아니지."

그는 백성을 상대로 한 치 한 푼의 이익을 다투면서 물가를 오르락내리락 하게 했다. 백성은 곡식을 천하게 생각하고 오히려 돈을 더 중요하게 생각하게 되었다. 그들이 근본을 버리고 말단의 이익을 따라가, 중요한 농사일에 방해가 될 정도였다. 이때 바른말 하는 관리들이 여러 번 상소하여 따졌으나 임금이 들어주지 않았다.

또 공방은 권세 있고 지체 높은 자들을 교묘히 섬겨 그들 집안을 드나들며 권력을 끌어들이고 벼슬을 팔았다. 승진하고 쫓겨나는 일이 그의 손바닥 안에 있었다. 높은 관리들도 대부분 지조가 흔들려 그를 섬기니, 곡식을

---

* 화덕 | 쇠붙이나 흙으로 아궁이처럼 만든 큰 화로.
* 화천(貨泉) | 전한(前漢)을 찬탈하여 신(新)나라를 세운 왕망(王莽)이 발행한 엽전. 둥근 바탕에 네모 구멍이 뚫리고, 겉면에 '화천'이라는 두 글자가 새겨져 있다.
* 부민후(富民侯) | 백성을 부자로 만드는 책임을 지는 제후.
* 충(充) | 재물을 채워 준다는 의미를 가진 인물.
* 염철승(鹽鐵丞) 공근(孔僅) | 한무제(漢武帝) 때 공근은 소금과 철을 관리하는 승(丞)의 벼슬에 있었다.

쌓고 뇌물을 거두어들이며 여러 문건이 산처럼 쌓여, 이루 헤아릴 수가 없었다. 그가 사람을 대할 때는 그 사람의 잘나고 못남을 따지지 않고 비록 시정배라 하더라도 재물이 넉넉하면 모두 사귀었다. 이른바 '길거리의 사귐'이라는 것이었다. 때로는 뒷골목 불량배들과 어울려 다니면서 바둑과 투전을 일삼았다. 그러나 공방은 남의 부탁을 잘 들어주었다. 당시 사람들이 그를 두고,

"공방의 말 한마디는 황금 백 근의 무게와도 같다."
고 했다.

-『동문선東文選』

진정한 친구

예전에 어떤 아버지가 한가하게 지낼 때 아들에게 물었다.
"네게 친구가 있느냐?"
아들이 대답했다.
"있습니다. 형제처럼 정을 나눌 만한 친구로는 아무개 아무개가 있고, 함께 다닐 때 서로 기다려 주는 친구로는 아무개 아무개가 있습니다. 어려움을 같이 나누고 잘못을 지적해 주는 친구로는 아무개 아무개가 있고, 생사를 같이하면서 서로 배반하지 않을 친구로는 아무개 아무개가 있습니다."
그러자 아버지는 크게 탄식하면서 말했다.
"너는 어찌 그리 친구가 많으냐? 나는 평생을 살면서 친구는 오직 하나뿐이다. 내가 너에게 말해 주마. 평소에는 형제 같은 정이 있는 친구라고 하지만 막상 다닐 때 서로 기다려 주는 친구는 드물다. 다닐 때 서로 기다려 주는 친구라 하더라도 같이 어려움을 나누고 잘못을 지적해 줄 수 있는 친구는 흔치 않다. 어려움을 함께 나누고 잘못을 지적해 주는 친구라도 생사를 같이하면서 서로 배반하지 않는 친구는 드문 법이다. 옛 속담에, '부귀할 때는 사귀는 친구가 뜰에 가득하지만 가난하고 힘들 때 사귀는 친구는 겨우 하루 정도 간다.'는 말이 있다. 하물며 생사를 같이할 만한 친구가 어디 그리 많겠느냐. 내가 네 친구들을 시험해 보도록 하겠다."
그러고는 돼지를 잡아 흰 띠로 묶고 짚으로 덮어 마치 죽은 사람을 싼 것같이 한 뒤, 그 아들에게 메고 뒤따르게 했다. 밤에 아들 친구에게 찾아가

은밀하게 말했다.

"오늘 내 아들놈이 어떤 사내를 죽여 화가 이를 것 같으니, 자네가 좀 감추어 주고 비밀이 새지 않도록 해주게."

아들의 친구는 안 된다고 하면서, 두 사람을 쫓아내며 말했다.

"사람을 죽였는데 그것을 숨겨 주면 그 죄는 살인한 것과 같습니다. 어찌 제가 감당하겠습니까?"

아들의 친구들을 찾아다녔지만 감추어 주려는 사람이 하나도 없었다. 그러자 아버지가 집에 돌아와 아들에게 훈계를 했다.

"아, 너는 진정한 친구가 하나도 없구나. 다른 사람과 사귀면서 속마음을 모르고, 말을 그럴듯하게 하면 친하게 사귀고, 웃고 농담하며 비위를 맞춰 주면 드디어 마음을 알았다고 생각하였으니, 남에게 어찌 이용당하지 않을 수 있겠는가. 내일 사람들한테 들어 보아라. 과연 너의 사정을 살펴 숨겨 줄 수 있는 사람이 있는지를! 성 남쪽에 내 친구가 산다. 이제 그에게 가서 한 번 부탁해 보겠으니, 나를 따라오너라."

아버지가 직접 죽은 돼지를 메고 아들은 뒤따라갔다. 문에 이르러 인기척을 했다. 아버지 친구는 잠든 지 오래되었지만 놀라 일어나, 옷 입을 겨를도 없이 나왔다.

"이건 아무개의 목소리 아닌가. 무슨 일인고?"

그래서 아버지가 아들 친구들에게 말한 것과 똑같이 말을 했다. 그러자 아버지의 친구는 죽은 돼지를 얼른 골방에 숨겨 주고 술을 내와 권하면서 물었다.

"그래 다친 데는 없는가?"

"놀라지 말게. 불행히 곤란한 일이 생겨 내가 자네와 도망을 해야 할 것 같네. 처자를 생각할 겨를도 없다네."

아버지는 아들을 돌아보며 말을 이었다.

"어떠냐?"

그러자 친구가 이상하게 생각하며 왜 그러느냐고 물었다. 그제야 아버지는 웃으면서 사실을 털어놓았다. 친구는 따라 웃으며 나무랐다.

"백발이 되어서 나를 시험할 줄 몰랐네그려."

그러고는 메고 온 돼지를 삶고 술을 따르며 매우 즐겁게 놀다가 돌아왔다. 이튿날 아들에게 동네의 소문을 들어 보라고 했더니, '아무개의 아들이 살인을 했다더라.' 는 소문이 무성했다.

— 이광정李光庭의 『망양록亡羊錄』

어리석은 촌사람

북쪽에 사는 촌사람이 여우 잡는 함정을 잘 만들었다. 저녁에 덫을 설치해 놓고 새벽에 가 보았더니, 백발노인이 함정에 빠졌다가 일어나 꾸짖었다.

"네놈이 어찌 덫을 쳐 나를 괴롭힌단 말이냐."

촌사람이 가서 자세히 보니, 이웃에 사는 곽대부郭大夫였다. 촌사람은 두려웠으나 혹시나 하는 마음으로 곽대부의 집에 가 보았다. 그런데 거기에 또 곽대부가 있는 것이 아닌가. 촌사람은 엎드려 사정을 얘기하려 했지만 말을 감히 꺼내지 못했다. 곽대부가 거듭 찾아온 까닭을 묻자 촌사람이 대답했다.

"소인이 여우를 잡으려고 함정을 만들어 놓았는데, 오늘 아침에 가 보니 주인어른이 거기 있는 게 아니겠습니까. 그래서 쇤네가 어떻게 된 영문인지 사실을 알리려고 왔는데, 어른께서 여기 계시니 쇤네는 정말 놀랍고 두려울 따름입니다."

곽대부가 말했다.

"네가 그를 놓아주었느냐?"

"그렇게 하지 않았습니다."

"천 년 묵은 여우가 사람 흉내를 내는 것은 놀랄 일이 아니다. 반드시 죽이거라."

"쇤네도 그것이 여우가 아닐까 의심을 했습니다만, 막상 닥치고 보니 감히 그렇게 못하겠더군요."

곽대부는 아들을 불러 말했다.

"지금 여우가 내 흉내를 내고 있다는 소리를 들었다. 네가 가서 없애되, 실수가 없도록 해라."

함정에 빠진 노인은 그를 보자 울면서 말했다.

"네가 어찌 이리 늦게 오느냐. 촌놈이 경우가 없어서 나를 거의 죽을 지경에 이르게 하는구나."

곽대부의 아들이 화가 치밀어 가까이 가 보니, 얼굴빛이 아버지와 똑같고, 수염과 머리며 말하는 것과 옷차림까지 똑같은 게 아닌가. 아들이 죽이려고 하다가 차마 그렇게 하지 못하고 세 차례나 망설였다. 그러다가 놓아주려 하면 또 의심이 들었다. 그래서 집으로 돌아왔더니, 아버지가 집에 계시며 말했다.

"벌써 죽였느냐?"

아들이 대답했다.

"아직 죽이질 못했습니다. 차마 못하겠더군요."

아버지가 노여워하며 말했다.

"아비가 여기 있는데, 무엇을 망설인단 말이냐. 빨리 가라!"

아들은 속히 되돌아갔지만, 결국 죽이지도 못하고 놓아주지도 않았다.

그때 노인도 성을 내며 말했다.

"다른 사람이 네 아비를 죽이려고 하는데, 너는 원수도 모르고, 나를 아비로 여기지도 않는단 말이냐. 집에 간사한 늙은이가 나를 흉내 내어 너를 속

이고 있다. 그런데 너는 그를 아비로 여기고, 나를 해치려고 하는구나."

아들은 더욱 곤혹스러워서 다른 짓을 할 수가 없었다. 조금 있다가 곽대부가 오자, 함정에 빠진 노인은 성을 내어 노려보면서 말했다.

"간사한 늙은이가 왔구나. 내가 꼭 죽이고 말겠다."

이어서 곽대부 아들을 돌아보고는 이렇게 말했다.

"네가 여기 있으면서도 내가 저 간사한 늙은이에게 죽도록 내버려둔단 말이냐."

이 말을 들은 곽대부가 분노해서 손칼로 그를 찔러 죽이자 아들은 깜짝 놀랐다. 조금 지나 시체를 보니 여우였다. 곽대부는 그것의 사지를 찢어버리라고 명하고, 촌사람에게 다음부터는 함정을 만들지 말고 조심하라고 타일렀다.

그러나 촌사람은 그 짓을 그치지 않았다. 어느 날 이웃집 여자가 밤에 길을 가다가 함정에 빠졌다. 새벽에 촌사람이 가 보았더니, 여자가 울면서 말했다.

"그대는 어찌 차마 하지 말아야 할 함정을 파놓고 사람에게 화를 입히는가?"

촌사람은 이렇게 말했다.

"너는 여우다. 예전에 곽대부를 흉내 낼 때는 거의 속아 놓칠 뻔하다가 다행히 죽였는데, 오늘 또 나를 속이려 한단 말이냐?"

여자는 그렇지 않다는 것을 변명하려 했으나, 그녀의 목은 이미 달아나 버렸다. 이번에 죽인 것은 여우가 아니라 정말 이웃집 여자였다.

-『망양록』

전랑

선비는 성현의 경지가 아니면 욕심을 충분히 막을 수 있다고 큰소리쳐서는 안 된다. 욕심이 이따금 일어나는 상태인데도 스스로 이미 극복했다고 생각한다면 자신을 해치는 결과를 가져오지 않겠는가.

옛날 전랑殿郎이 된 한 선비가 그 고을의 자사刺史에게 욕심을 막는 것은 그리 어렵지 않다고 말했다. 그러자 자사가 말했다.

"어찌 그리 말을 쉽게 하시오?"

전랑이 말했다.

"이것은 마음만 조심하면 됩니다."

자사가 말했다.

"나는 백발이 되어도 그것을 못해 간혹 낭패를 보는데, 그대는 젊은데도 욕심을 잘 억제한다니, 이 늙은이는 부끄러워 죽을 지경이오."

자사는 그가 말을 너무 쉽게 하는 것이 얄미워 그를 한번 시험해 보기로 작정했다. 고을 명기名妓 중에서 가장 이름난 기생을 골라 전랑의 마음을 흔들어 놓도록 했다. 기녀가 기녀의 옷을 벗고 마을 아녀자로 변장하여, 전랑의 집 아랫집을 잠시 빌려 살았다. 그러던 어느 날 말을 일부러 풀어놓아 전랑의 집으로 뛰어 들어가게 하였다. 전랑은 처음에는 그것을 보고도 못 본 척하였으나, 다음 날 또 그렇게 하자 슬며시 쳐다보았다. 그 다음 날도 그렇게 하자 전랑이 기녀에게 무슨 까닭이냐고 물었다. 기녀는 용모를 가다듬으며 말했다.

"이웃집 아낙입니다. 남편은 수자리* 나가 지금 혼자 말을 먹이며 지내고 있습니다. 말이 사나워 외양간을 탈출해 이곳에 잘못 들어왔기에 끌고 가려고 왔습니다."

전랑은 '그러냐.'고 하고는 다시 아무 일 없는 듯 천연스럽게 책을 읽었다. 저녁이 되자 기녀가 달빛을 타고 와 애처로운 노래를 불렀다. 전랑도 벼슬살이의 얽매임에서 벗어나 잠시 집 생각을 하고 있었는데, 기녀의 노래를 듣고는 더욱 마루를 배회하였다. 그때 기녀가 모르는 듯 당 아래를 지나는데, 참으로 절세미인이 아닌가. 당 위의 전랑을 옆으로 슬쩍 보고는 옷깃을 여미며 인사를 했다.

"첩은 전에 말을 몰러 왔던 사람입니다. 남편이 몇 개월 지나도 돌아오지 않아 혼자 무료해서 근심을 달래려고 나왔습니다."

전랑이 말했다.

"그렇소. 나 또한 외로운 나그네 신세라오. 지금 그대의 노랫소리를 들으니 집 생각이 나 마음이 더욱 괴로우니, 한 곡조만 더 불러 보시오."

기녀가 기둥에 기대어 세 곡조를 부르니, 소리가 들보의 먼지를 날릴 정도로 진동했다. 전랑은 오랫동안 생각에 잠겼다가 일어나 집안으로 들어가면서 말했다.

* 수자리 | 나라의 국경을 지키는 임무.

"그대는 돌아가오."

다른 날 밤에 기녀가 단장을 하고 술을 차려 가지고 가자 전랑은 놀라서 이상하게 여겼다. 그때 기녀가 아름다운 자태로 나오며 말했다.

"요전에 공의 말씀을 듣고, 첩도 똑같은 회포를 품고 조용한 밤에 깊은 생각을 하였습니다. 공의 마음이 어찌 첩의 마음과 다르겠습니까? 술이나 드시면서 마음을 달래시지요."

전랑은 이미 기녀의 노랫소리에 생각에 잠긴데다 술을 마시고 보니 경계하는 마음이 풀어졌다. 오히려 기녀가 자기를 두고 가 버릴까 걱정을 할 정도가 되었다. 정신이 어지러워지고 마음이 홀린 듯 흐려졌다. 밤만 되면 기녀가 하자는 대로 여기저기 왔다 갔다 했다. 전랑은 늘 남들이 모르게 하자고 했지만, 자사는 이미 그 사실을 전해 들어 알고 있었다.

어느 날 자사 아들이 과거에 급제해 부모를 뵈러 오자, 자사가 밤에 성대한 잔치를 베풀었다. 선비와 여인네들이 다투어 모여들자, 기녀는 전랑에게 구경을 가자고 했다.

"여자가 밤에 다니면 위험한데 오늘 밤은 달도 없고 공께서도 무료하시니 같이 갈 생각이 없으신지요?"

전랑이 말했다.

"다른 사람이 알아보면 어쩌겠소?"

그러자 기녀가 말했다.

"걱정할 것 없습니다. 노파의 모습으로 변장해 뒤에서 몰래 본다면 누가 알겠습니까?"

그러자 전랑은 그 말대로 했다. 그런데 선비와 여인네들 틈에 끼어서 놀다가 밤이 깊어지고 잔치도 파할 즈음 갑자기 기녀를 잃어버렸다. 그때 자사가 문지기들에게 명령했다.

"오늘 밤 바람과 이슬이 매우 차갑구나. 구경 오신 분들을 그냥 밖으로 내보내지 말고 앞에서 술을 권한 뒤 차례로 나가시게 해라."

문지기들은 명령대로 했다. 거의 다 흩어질 즈음, 전랑을 모시고 앞으로 나오며 아뢰었다.

"모 관원께서 여기 계십니다."

"오늘 밤에 손님이 없을까 걱정했는데, 모 관원께서 이렇게 와주셨는데 어찌 일찍 알아보지 못했느냐."

그러더니 자사가 그 관원을 위로 모셔오게 했다. 그런데 전랑은 머리에는 노파들이 쓰는 모자를 쓰고 어깨에는 다 헤진 저고리를 걸친데다, 허리에는 짧은 치마를 두르고 있는 게 아닌가.

자사가 내려가 맞이하면서 말했다.

"모 관원께서는 이처럼 차림이 매우 간소하시니 참으로 조심성이 많은 군자구려."

자사는 그를 윗자리에 앉히고 별도로 상을 내어놓고, 전랑의 마음을 흔들어 놓은 기녀에게 앞에서 춤과 노래를 하게 했다. 전랑은 매우 창피해서 죽으려고 할 뿐이었다. 잔치가 끝나자 자사는 아전들에게 그 기녀를 단장하여 전랑에게 보내라고 했다. 전랑은 이 일이 너무나 한탄스러워 관가로 가지 않고, 곧장 자기 집으로 돌아가, 문을 닫고는 혀를 깨물어 죽었다.

-『망양록』

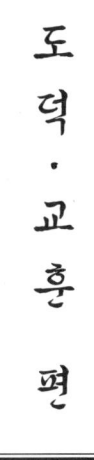

도덕 · 교훈 편

쏟은 물

옛날에 가난한 선비가 과거 공부를 하느라고 글만 읽었다. 하루는 색시가 뜨락에 피를 널어놓고 샆일하러 나가면서 비가 오거든 멍석을 거두라 하고 갔다. 그런데 소나기가 와서 멍석에 있는 것이 다 떠내려가도 선비는 글을 읽느라고 비 오는 것도 몰랐다.

색시가 집에 와 보고 기가 막혔다.

"나는 당신 같은 사람과 함께 살 수 없어요."

그러고는 색시가 나가 버렸다.

그 후 몇 해 만에 선비는 과거에 급제해 감사가 되었다.

색시는 다른 데로 가서 사는데도 가난해서 고생하며 살았다. 하루는 감사의 행차가 있어서 나가 보니까 감사가 전에 자기 서방이 아닌가. 그래서 쫓아가 다시 같이 살자고 했다. 감사는 물 한 동이를 길어 오라고 하더니 그 물을 땅에 붓고 다시 주어 담아 보라고 했다.

— 『한국구전설화』

말조심

나무나 짐승이 말을 할 줄 알던 옛날에 어떤 사람이 거북이를 잡아 삶으려고 했다. 그런데 아무리 불을 때어도 삶아지질 않자 거북이를 도로 바다에 넣으려고 가지고 가다가 뽕나무 밑에 앉아서 쉬고 있었다. 가만히 앉아 있으니 거북이와 뽕나무가 하는 말이 들렸다.

거북이가 말했다.

"사람이 나를 잡아서 삶으려 해도 삶아지질 않아서 도로 바다에 넣으려 간다."

그러니까 뽕나무가 말했다.

"나를 꺾어다가 같이 삶으면 잘 삶아진다."

이 사람은 그 말을 듣고 뽕나무를 꺾어 와서 거북이를 삶았더니 잘 삶아졌다.

뽕나무와 거북이가 그런 말을 하지 않았더라면 둘 다 살았을 텐데 쓸데없는 소리를 하다가 둘 다 죽고 말았다.

- 『한국구전설화』

세 종류의 사람

옛날에 성급한 사람, 미련하고 힘이 센 사람, 잘 잊어버리는 사람 이렇게 셋이서 길을 가고 있었다. 그때 벌 한 마리가 날아와서 성급한 사람의 머리를 쏘았다. 성급한 사람은 화가 나서 벌을 잡아 죽이겠다고 쫓아가자 벌은 고목나무 구멍 속으로 들어갔다. 이 사람은 그래도 잡겠다고 구멍으로 머리를 틀어박았는데 구멍이 좁아서 들어갈 수가 없었다. 나오려고 하니까 이제는 나올 수가 없었다. 나오려고 애썼지만 꽉 틀어박혀서 나올 수가 없자 발버둥을 쳤다. 미련하고 힘센 사람이 이걸 보고 힘껏 잡아당기며 빼내었는데 성급한 사람의 목은 떨어지고 몸뚱이만 나왔다. 잘 잊어버리는 사람이 이걸 보고는 '이 사람이 우리와 같이 올 때도 머리가 없었던가.'라고 말했다.

-『한국구전설화』

쥐의 보은

옛날에 어떤 동네에 큰 부자가 살았는데, 식솔이 오백 명이나 되었다. 부잣집이라 곳간도 많고 곳간에는 곡식도 많이 쌓여 있었다. 곳간에는 쥐들이 득실거리며 몇 십 년을 잘 먹고 잘 지냈다.

하루는 엄지 쥐가 곳간 밖에 나와 보니까, 다음 날 저녁이면 부자의 집이 무너져 오백 명 식구가 모두 다 죽게 될 지경이었다. 엄지 쥐는 이것을 보고 마음을 먹었다.

"이거 큰일 났다. 우리가 이 집 덕분으로 몇 십 년을 잘 먹고 잘 지냈는데, 주인집이 몰살해서 쓰겠느냐. 이 사람들을 살려야 한다."

모든 쥐를 모아놓고 사정을 말하며 의논했다.

"어떻게 해야 부잣집 사람들을 살리겠느냐?"

그랬더니 쥐 하나가 나서서 말했다.

"내일 점심때부터 우리가 부잣집 넓은 마당에 나가서 서로 꼬리를 물고 둘러서서 춤을 추며 돌아다닙시다. 그러면 부잣집 사람들이 이상하다고 모두 집에서 나와 구경할 것입니다. 그때 집이 무너져도 사람들은 살 게 아닙니까?"

엄지 쥐는

"그것이 좋겠다."

하고는 모두 그러기로 했다.

다음 날 점심때쯤 각 곳간에 있던 쥐들이 다 나와 마당에 모여 서로 서로 꼬리를 물고 둘러서서 춤을 추면서 돌아다녔다. 주인 영감은 나와서 이것을 보고는 '이상한 일이다.' 고 생각하고 집안 사람더러 모두 나와 구경하라고 했다. 부잣집 사람들이 모두 다 마당으로 나와서 쥐들이 춤추는 것을 구경했다. 집 사람들이 모두 마당으로 나오니까 그 부자의 집이 무너졌다.

－『한국구전설화』

밤송이에 절한 호랑이

호랑이는 산중의 왕이다. 이놈은 포식하면 이삼 일이고 사오 일이고 안 먹고 잠만 잔다. 자다가 시장기가 돌면 일어나서 또 먹이를 찾아 돌아다닌다.

어느 가을날이었다. 시장기가 몰려와 먹을 것을 찾느라고 살살 다니고 있었다. 해는 아직 서산으로 넘어가지 않아 동네로 내려갈 수는 없고 해서 산언덕을 이리저리 돌아다니는데, 무슨 고기 냄새가 났다. 눈앞에 쪼그마한 것이 기어가고 있는데 자세히 보니까 두루뭉실한 것이 먹음직해 보였다. 시장한 김에 이놈을 덜컥 깨물었다. 글쎄, 깨물고 보니 세상에 이런 건 처음 먹어 본 것이었다. 아마 고슴도치였던 모양이다. 먹을 수는 없고 입 안에 온통 피가 나고 아파 죽겠어서 도로 탁 뱉고 밤나무 밑으로 뛰어가서 앉아 입에서 나오는 피를 핥고 있었다. 그때 무엇이 위에서 툭 떨어지더니 콧잔등을 때리고 앞에 떨어지는 게 아닌가. 보니까, 아까 먹다가 혼이 난 것 하고 똑같은 것이었다. 밤송이였다.

"아이고, 아까는 잘못했습니다. 다시는 먹지 않겠습니다."

호랑이는 밤송이를 보고 자꾸 절을 하였다.

－『한국구전설화』

은혜를 아는 까치

박우원朴右源이 남쪽 고을에 있을 때 그의 부인이 나무에서 떨어진 까치 새끼를 아침저녁으로 밥을 먹여 길들였다. 점점 자라 깃털이 무성해졌는데도 방문간에 있으면서 떠나지 않았다. 간혹 수풀 쪽으로 날아가기도 하고 때때로 부인의 어깨 위로 와서 날아오르기도 하였다.

그러다 박우원이 장성長城으로 옮겨 가게 되었다. 행차를 떠나려는 날에 까치가 갑자기 사라져 어디로 갔는지 알 수가 없었다. 부인의 행차가 장성 관아에 도착하자 그 까치가 대들보에서 지저귀다가 부인 앞에서 높이 날아올랐다.

부인은 이전처럼 그 까치에게 먹이를 주었는데, 뜰 앞 나무에 둥지를 틀고 짝을 이뤄 새끼를 기르면서도 왔다 갔다 하는 것은 여전하였다. 그 뒤에 또 능주綾州로 옮겨 가자 예전처럼 따라왔고, 교체되어 서울 집으로 돌아오게 되었을 때도 역시 따라왔다.

그 뒤에 부인이 죽자 널 위에 앉더니 산밑에 이르자 묘각墓閣에 앉아 깍깍거리기를 그치지 않았다. 하관할 때는 널 위로 날아와 계속 울다가 이윽고 날아갔는데 어디로 갔는지 알 수 없었다.

- 『계서야담』

약밥의 유래

신라 소지왕紹智王이 정월 대보름날 천천사天泉寺에 나들이를 하였는데, 어떤 까마귀가 은합*을 물어다 왕 앞에 놓았다. 상자 안에는 매우 단단하게 봉한 편지가 있는데, 겉에 이렇게 쓰여 있었다.

"열어 보면 두 사람이 죽고, 열어 보지 않으면 한 사람이 죽는다."

왕이 말했다.

"두 사람이 죽는 것보다 한 사람이 죽는 것이 낫겠다."

어떤 대신이 말했다.

"한 사람은 임금을 말하고, 두 사람은 신하를 말합니다."

마침내 열어 보니 종이에 '궁중의 거문고 갑을 쏘라.' 고 쓰여 있었다. 왕이 말을 달려 궁으로 들어와 거문고 갑을 보자 활을 팽팽하게 당겨 쏘았다. 갑 속에는 사람이 있었으니, 바로 왕비의 처소에서 분향하는 중이었다. 왕비와 사사로이 정을 통하여, 둘이서 왕을 시해하기로 모의하여 이미 그 시기를 정하였던 것이다. 왕비와 중은 모두 처형당하였다. 왕이 까마귀의 은혜에 감동하여 정월 보름이면 향반*을 지어 까마귀에게 먹였다. 민간에서는 약밥이라고 이르며 지금껏 명절로 지킨다. 속담에 '까마귀가 일어나기 전에 밥을 먹어야 한다.' 는 것은 천천사의 이 일 때문이다.

― 『계서야담』

* 은합(銀盒) | 은으로 된 상자.
* 향반(香飯) | 향기 나는 밥.

호랑이를 두려워한 사람

강생과 고생이라는 두 유생이 있었다. 그들은 금천衿川의 향교鄕校에서 공부를 하였다. 당시 이마가 하얀 호랑이가 마을을 휘젓고 다니면서 사람들을 해쳤다.

그때 마침 향교의 종이 어린애의 삼베 치마를 말리려고 울타리에 걸어 놓았다. 그런데 밤중에 송아지 한 마리가 우리를 뛰쳐나가 뿔로 치마를 받은 채 마당을 천천히 걷고 있었다. 송아지도 이마가 하얀 것이었다.

고생이 그것을 보고 경악하여 이불로 머리를 감싸고 방구석에 몸을 숨겼다. 엉덩이는 밖으로 드러낸 채 큰소리로 외쳤다.

"호랑이야! 호랑이야! 내 엉덩이는 물지언정 내 머리는 물지 말거라."

송아지가 점점 다가가더니 "음매!" 하고 울었다.

그러자 고생은 천천히 입을 여는 것이다.

"호랑이가 아니라 송아지였구먼."

강생이 물었다.

"자네가 호랑이를 두려워하면서 어찌 머리는 두려워하고 엉덩이는 두려워하지 않는가?"

그러자 고생이 반문했다.

"머리가 엉덩이보다 훨씬 더 아깝지 아니한가?"

－『태평한화골계전』

의로운 개

영남 하동 땅에 수절한 과부 하나가 어린 딸과 아이 여종을 데리고 살았다. 어느 날 이웃집 모가비*가 담을 넘어 안방에 들어와 겁탈하려 하자, 과부가 거세게 저항했다. 그러자 모가비는 칼로 과부와 딸과 종을 다 죽이고 갔으나, 그 집에 다른 사람이 없어서 이 사실을 아무도 몰랐다.

세 주검이 방에 있어도 원통함을 풀 방법이 없었다. 그런데 관문官門 밖에 개 한 마리가 왔다 갔다 하며 뛰어다녔다. 이를 본 문지기 사령使令이 그 개를 쫓아가자 잠깐 피하였다가 도로 오기를 여러 번 하였다. 사또가 이 이야기를 듣고 그 모습이 이상하여 개가 하는 대로 두고 보라고 했다. 개는 바로 관문 안으로 들어와 동헌 앞에 이르러 머리를 쳐들고 부르짖으며 무엇을 하소연하는 듯했다. 사또가 장교에게 개를 따라가 보라 하니, 개는 곧장 관문으로 나와 한 초가집에 이르렀다. 방문은 닫혀 있고 사람 소리도 들리지 않았다. 그때 개가 장교의 옷자락을 물고 방문으로 이끌었다. 장교가 괴이하여 지게문을 열어 보니 방에 세 주검이 있고 피가 흘러 방 안에 가득한 게 아닌가. 장교가 코가 시큰하고 마음이 떨려 급히 돌아와 상황을 보고하였다. 사또가 검시檢屍하려고 빨리 달려가 그 이웃에 머무는데, 바로 모가비의 집이라. 모가비가 원님이 제 집에 오는 것을 보고 마음에 자연히 겁이나 바쁘게 피하려 했다. 그때 개가 모가비 앞에 달려가 모가비를 물고 흔들었다. 사

* 모가비 | 광대의 우두머리를 말한다.

또가 이상한 생각이 들어 개한테 물었다.

"이 자가 범인이냐?"

개가 머리를 끄덕였다. 사또가 모가비를 잡아 엄하게 심문하니, 매를 한 대 치기도 전에 모두 자백하였다. 곧 상부 관청에 알려서 모가비를 죽이고 그 식구들에게 엄한 벌을 주고 유배를 보냈다. 세 주검은 수습해 성대하게 장사 지내 주었다. 그러자 개는 무덤 곁으로 가 한바탕 울부짖고 죽었다. 마을 사람들이 개를 묻어 주고 무덤 앞에 '의구총義狗冢'이라고 쓴 비를 세웠다.

그 후 선산 땅에 또 의로운 개가 있었다. 주인을 따라 밭에 갔다가 주인이 날이 저물어 돌아오다가 술에 취해 밭 한가운데 넘어져 자고 있었다. 마침 불이 일어나 점점 누운 곳으로 번졌다. 개가 즉시 냇가에 가 꼬리를 물에 적셔 주인 곁에 뿌려 불을 끄고는 힘이 다하여 죽었다. 주인이 깨어나 그것을 알고 개를 염습하여 묻었는데, 지금도 '의구릉義狗陵'이 남아 있다.

-『청구야담』

은 항아리를 양보한 김 공

김재해金載海는 높은 학문과 덕행으로 명성이 자자했다. 한번은 오륙십 냥을 주고 집을 샀다. 원래 집의 주인은 과부였다. 김 공이 이사를 와서 보니 정원이 무너져 있었다. 다시 쌓으려고 가래질하여 터를 고르다가 문득 항아리 하나를 주웠는데, 항아리 속에 은 백 냥이 있었다. 김 공이 말했다.

"전에 살던 과부가 이것의 주인이다."

그러고는 아내를 통해 편지를 보내, 과부에게 은을 얻은 사정을 자세히 알렸다. 과부가 매우 감격하여 직접 김 공의 집에 와서 말했다.

"은이 비록 내 옛집에서 났으나 진실로 댁에서 얻은 것이니, 어찌 내 것이라 하겠습니까? 이미 내게 보낸 것이니, 반씩 나눔이 어떻겠습니까?"

김 공의 부인이 말했다.

"만일 반으로 나눌 뜻이 있었으면 다 가지지, 어찌 보낼 리 있었겠소? 나는 부인의 것인지 아닌지 모르나, 나에게는 남편이 있으니 비록 이 은이 아니라도 충분히 제 몸을 보전할 수 있습니다. 하지만 부인은 집안을 유지할 바깥사람이 없으니 생활하기가 어려울 것이니 사양하지 마시오."

김 공의 아내는 사양하며 굳이 받지 않았다. 과부는 더는 말을 못하고 돌아왔으나, 죽을 때까지 그 은덕을 잊지 않았다.

— 『청구야담』

효부에게 감동한 호랑이

홍주洪州 땅에 최씨崔氏 여자가 살았다. 용모가 빼어나고 성품이 현숙하나 팔자가 기구하여 나이 열여덟에 남편을 여의고 앞못보는 시어머니를 모시고 살았다. 최씨는 죽을 결심으로 수절하며 부지런히 방아품을 팔고 물을 길어 시어머니를 극진히 봉양했다. 이따금 나갈 때는 시어머니의 먹을 것을 곁에 놓으며 시어머니에게 일러두었다.

"제가 나가더라도 시장하시거든 자실 것이 여기 있으니 부디 더듬어 드십시오."

다른 일도 이와 같이 하니 최씨의 지극한 효성을 이웃 마을 사람들도 칭송했다.

친정 부모가 젊은 딸이 일찍 과부로 사는 것을 애처롭게 여겨 집의 종을 보내 불러오라 했다.

"어미 병이 위중하니 바삐 오라."

최씨가 기별을 듣고 이웃 사람에게 간곡하게 부탁했다.

"친정어머니의 병이 위중하기에 친정에 다녀올 것이니 그사이 아침저녁으로 제 시어머니 식사를 챙겨 주세요."

그러고는 바삐 친정으로 가 보니 어머니는 아무렇지 않았다. 최씨가 의아해하자 부모가 말했다.

"네 나이 스물도 되지 않아 청상과부가 되니 가련하다. 자녀도 없이 청춘을 헛되이 보낼 일을 생각하면 어미 간장이 녹는 듯하다. 내 너를 위하여 어

진 사위를 가려 뽑아 원앙의 재미를 보게 하려 한다. 너는 마음을 고쳐먹고 어미의 바람을 막지 말거라."

최씨가 거짓으로 대답했다.

"명대로 하겠습니다."

부모가 매우 기뻐했다. 그 날 밤 최씨는 몸을 빼내 시가로 향했다. 몇 리도 못가 겨우 한 고개에 당도했을 때 발이 부르터서 몇 걸음도 움직일 수가 없었다. 그때 큰 호랑이가 길을 막고 앉아 있었는데, 최씨는 시가에 갈 마음이 바빠 조금도 두려하지 않고 호랑이를 타일렀다.

"너는 본디 영물이니 내 말을 들으면 실상을 다 알 것이다. 그러나 나도 죽기를 두려워하지 않으니 네가 나를 해치려거든 빨리 물어 요기를 하라."

그러면서 호랑이 앞으로 달려드니 호랑이가 주춤거리며 여러 번 물러앉다가 갑자기 땅에 엎드렸다. 그러자 최씨가 말했다.

"네가 내가 약한 여자로 깊은 밤에 혼자 길 가는 것을 불쌍히 여기는 듯하니, 네 등에 업히랴?"

호랑이가 고개를 끄덕이고 꼬리를 흔들었다. 최씨는 그제야 마음을 놓아 올라타 호랑이의 목을 안으니, 호랑이가 비바람처럼 달려 순식간에 시가 문 밖에 이르렀다.

최씨가 내려 호랑이에게 말했다.

"네가 나를 업고 오느라 수고하여 갈증이 심할 것이라."

급히 집에 들어가 살찐 개를 몰아내자 호랑이가 개를 물고 갔다.

며칠 후 이웃 사람이 말을 전했다.

"난데없이 큰 호랑이가 함정에 빠져 입을 벌리고 소리를 벽력같이 질러, 사람이 다 놀라 감히 가까이 가지 못하고 저절로 굶주려 죽기를 기다린다."

최씨는 자기가 타고 온 호랑이인가 의심하여 가 보니, 털빛은 비록 비슷하였으나 밤에 본 것이라 자세히 분간하지 못하고 호랑이에게 물어보았다.

"네가 전날 밤에 나를 태우고 온 호랑이냐?"

호랑이가 머리를 조아리며 눈물을 흘려 살기를 바라는 듯하였다. 최씨는 이웃 사람에게 지난밤 호랑이와의 일을 자세히 말해 주었다.

"저 호랑이가 비록 사나운 짐승이나 내게는 어진 짐승입니다. 만일 나를 위하여 호랑이를 살려 준다면 내 비록 어렵지만 마땅히 대가를 치루겠습니다."

그 말을 들은 사람들이 모두 칭찬하며 말했다.

"아름다운 말이구려. 효부의 부탁을 어찌 들어주지 않으리오마는, 그랬다가 호랑이가 사람을 상하면 어찌하리오?"

최씨가 말했다.

"여러분이 멀리 피하면 제가 함정을 열고 풀어놓겠습니다."

그러자 모두 허락하였다. 최씨가 함정 앞에 가 호랑이를 타이르며 살려 주니, 호랑이가 최씨의 옷을 물어 당기며 차마 놓지 못하는 듯하다가 놓고 갔다.

-『청구야담』

도둑의 뉘우침

옛날 시골에 한 농부가 살았다. 그 사람은 부지런히 농사를 지어 추수한 곡식이 많았는데도 성품이 단정하지 못하여 남의 것을 잘 훔쳤다.
 이웃에 사는 선비는 글 읽기를 좋아했으나 집이 청빈하여 굶기가 예삿일이었다. 추석을 맞았으나 먹을 것이 없었다. 어지간한 집안 살림은 다 팔아먹고, 이제 다만 조그마한 솥 하나만 남아 있었지만 불을 때본 지 여러 날 지났다. 어느 날 문득 이웃 농부가 솥을 훔칠 뜻을 품고 밤을 틈타 들어가 그 집을 가만히 엿보았다. 가난한 선비의 아내가 방금 불을 때 죽을 쑤어 먼저 큰 사발에 떠 담고 또 작은 사발에 반쯤 남은 것을 훑어 담았다. 작은 사발은 깨어진 바가지로 덮어 흙 화로에 얹고, 큰 사발의 죽을 공손히 받들어 남편에게 드리고 있었다. 선비는 배고픔을 참고 글을 읽다가 갑자기 가져온 죽을 보고 놀라, 죽을 장만한 내력을 물으니, 아내가 대답했다.
 "마침 쌀 다섯 홉을 얻어 죽을 쑤었습니다."
 선비가 물었다.
 "쌀 다섯 홉이 금처럼 귀한데, 어디서 났단 말이오?"
 아내는 부끄러운 빛이 낯에 가득하여 감히 바로 서지 못했다. 선비가 괴로운 표정을 지으며 말했다.
 "쌀 출처를 알지 못하면 먹지 않겠소."
 아내가 본디 지아비의 고집스런 성질을 알기에, 마지못해 바로 말했다.
 "우리 문 앞 아무 사람의 논에 이른 벼가 반이나 익었기에, 아까 인정人定

후에 나가 손으로 이삭 두어 줌을 뜯어 왔습니다. 그것을 불에 볶아 쌀 다섯 홉을 장만하여 죽을 쑤어 드렸으나 스스로 생각해도 부끄러운데 그 말씀을 어찌하겠습니까? 다음에 그 사람의 의복이나 지어 주고 값을 받지 않으면, 오늘의 죗값을 갚을 수 있을 듯합니다. 그러니 드시지요."

선비가 부끄러워하면서 몹시 꾸짖었다.

"하늘은 각각의 힘을 가늠하여 만민을 내시어 사농공상士農工商이 제 직업이 있소. 저 사람이 애써 기른 곡식이 어찌 글 읽는 선비의 굶주림과 관계가 있단 말이오. 부인의 행실이 조촐치 못하여 이 지경에 이르니 어찌 한심하지 않으리오. 한번 매로 다스려 경계해야 하겠으니 빨리 매를 하여 오시오."

아내가 감히 그 말을 어기지 못하고 매를 꺾어 왔다. 선비는 매를 세 번 치고 꾸짖어 물리친 뒤 가져온 죽을 내다 버리라 했다. 부인이 어기지 못하고 화로에 놓아둔 죽까지 땅에 버리고 방 안에 들어가 팔자만 한탄하며 목이 메어 울 따름이었다.

솥을 훔치러 들어간 이웃 농부가 앞뒤 사정을 자세히 보고, 저절로 감복하여 양심이 자연히 돌아와 평생 조촐치 못하던 악습을 끊게 되었다. 즉시 집에 돌아와 제 아내를 불러 집에 있는 쌀을 깨끗이 쓸어 두어 죽을 쑤게 했다. 그것을 직접 가지고 선비 집에 가서 두 손으로 받들어 공손히 드리니 선비가 놀라면서도 괴이해하며 물었다.

"이 깊은 밤에 죽을 가져오다니 참으로 뜻밖이오. 어찌 까닭 모를 죽을 먹을 수 있겠소."

선비가 굳이 물리치며 받지 아니하니 그 사람이 무릎을 꿇으며 말했다.

"소인이 아까 담을 넘어 들어와 생원님이 공명정대하게 일 처리하는 것을 보았습니다. 소인이 즉시 감화하여 지난날의 허물을 크게 깨달았습니다. 이제 정성으로 죽을 쑤어 가져왔사오니, 다행히 곡진한 정으로 굽어 살피시어 옛적 소인으로 보지 마시기를 천만 바랍니다. 또 가져온 죽은 진실로 더러운 것이 아니라 제가 농사하여 장만한 곡식입니다. 소인이 어찌 불결한 음식을 고죽군* 같은 댁에 드리겠습니까."

머리를 숙여 백 번 절하며 정성껏 권하였다. 선비는 저 사람이 전에는 비록 불량하였으나 지금 행동을 보니 마음 고친 것이 매우 기특했다. 이미 죽을 가져와 먹이는 것이 분명 잘못을 고치려는 선한 마음에서 비롯된 것이니, 끝까지 거절하여 받지 않으면 권선勸善하는 길을 막는 것 같아 가져온 죽을 먹었다. 이웃 농부는 또 죽 한 그릇을 가져가 안방에 드렸다. 마음으로 감동하여 드디어 자신의 집을 선비의 집으로 옮겨 아래채에 들어와 살았다. 그는 문서 없는 종이 되어 상전을 받들었다. 밭 갈기와 나무하기를 제 정성을 다해 곡진히 하니, 선비의 집안 형편이 점점 넉넉해졌다.

— 『청구야담』

* 고죽군(孤竹君) | 처신을 깨끗하게 한 고죽국의 백이와 숙제를 가리킨다.

종이 된 도둑

허찰방許察訪이 한번은 서관西關에서 일을 보고 새벽에 돌아오는데, 길에 사슴가죽으로 만든 주머니가 한 개 있었다. 종더러 집어서 펴 보게 하니, 수백 냥이 든 은봉銀封이었다. 그것을 말안장에 걸어 놓고 주막에 들어가 밥을 먹었다. 그런 뒤 떠나지 않고 종보고 문밖에서 무엇을 찾는 사람이 있는지 살피라 하였다. 한낮이 되자 깨끗한 옷차림에 좋은 말을 탄 어떤 사람이 주막에 와서 이렇게 말하는 것이다.

"사슴가죽 주머니를 주운 사람이 있으면, 그것을 나에게 주면 후하게 보상하겠소."

그 모습이 당황스러워 보였다. 공이 듣고 불러들여 까닭을 물으니, 그 사람이 이렇게 말했다.

"주머니에 은 삼백 냥을 넣어 말에 얹어 올 때, 말이 너무 사나워 이리저리 뛰기에 어쩔 수 없이 말에서 내려 끌고 왔습니다. 그러다가 주머니가 땅에 떨어져, 어디 있는지 알 수가 없어, 행여 내 뒤에 온 자가 주웠으면, 이 주막에 들렀을 듯하기에 묻나이다."

공이 주머니를 내주면서 말했다.

"삼백 냥이 적은 재물은 아닌 까닭에 떠나지 않고 찾는 자를 기다렸더니, 과연 그대를 만나니 다행이구려."

그 사람이 크게 감동하여 무수히 고맙다고 인사하며 말했다.

"어르신은 세상 사람이 아닙니다. 이는 한번 잃은 재물이니, 반을 드리겠

나이다."

공이 웃으며 대답했다.

"내가 만일 재물을 가지려 했다면 다 갖지 어찌 그대를 기다렸겠소. 사대부의 행실은 그렇지 않으니 다시 말하지 마시오."

그 사람은 말없이 앉았다가 갑자기 크게 울기 시작했다. 공이 이상하게 여겨 그 까닭을 물으니, 그 사람이 울음을 그치고 대답했다.

"슬픕니다. 생원님은 어떠한 양반이며 저는 어떠한 사람인가요? 이목구비는 다 한가지인데 마음은 어찌 같지 아니합니까? 공은 혼자 착한 양반이 되고, 저는 악한 사람이 되니 어찌 슬프지 않겠습니까? 저는 본디 도적입니다. 수십 리 떨어진 땅에 부잣집이 있기에 그 집에 들어가 은을 훔쳤습니다. 누가 뒤를 따를까 산골짜기 샛길로 황급히 오느라 은냥을 단단히 맬 겨를이 없었습니다. 큰길로 나오자 말이 갑자기 이리저리 날뛰어서 주머니가 떨어졌는지를 몰랐습니다. 그러다가 이런 일을 당하고 보니, 제 악한 마음을 어쩌면 좋겠습니까? 이제 어르신을 뵈오니, 매우 가난하지만 재물을 티끌처럼 여기시어 주인을 찾아 주셨습니다. 저를 공께 비겨 보니 너무나 부끄럽기에 저절로 눈물이 났습니다. 지금부터 이 마음을 고쳐 공의 종이 되고 싶습니다."

공이 말했다.

"자네의 잘못을 뉘우치는 행동이 진실로 착하거늘, 어찌 남의 종이 되려 한다 말인가?"

"소인은 상놈입니다. 이 마음을 고치게 한 공을 따르지 않고 누구를 따르겠습니까? 제발 거두어 주소서."

그러고는 공의 성씨와 사는 마을을 여쭈었다.

"소인이 은을 주인에게 돌려주고, 처자를 거느리고 와 종이 되어, 공의 행실을 본받고자 합니다."

그런 뒤 절하고 나가 공의 종을 불러 술과 고기를 장만하여 드리고 갔다. 공이 길을 떠난 지 하루 만에 송도松都 주막에 이르렀는데, 그 사람도 처자를 데리고 살림살이를 말에 싣고서 따라왔다.

- 『청구야담』

천하제일의 도둑

도둑질이 직업인 사람이 있었다. 그는 아들에게 자신의 솜씨를 모두 가르쳐 주었다. 아들은 자신의 재능을 자부하여 자기가 아비보다 훨씬 낫다고 생각했다. 도둑질을 나가면 언제나 반드시 아들이 먼저 들어가고 나중에 나오며, 가벼운 것은 아비에게 맡기고 무거운 것을 들고 나왔다. 게다가 먼 곳에서 나는 소리까지 들을 수 있고, 어둠 속에서 사물을 분별하는 능력이 있어 도둑들 사이에서 선망의 대상이 되었다.

하루는 아비에게 자랑삼아서 말했다.

"제가 아버지의 솜씨보다 조금도 손색이 없고, 억센 힘은 오히려 나으니 이대로 나간다면 무엇은 못하겠습니까?"

"아직 멀었다. 지혜란 배워서 이르는데는 한계가 있는 법이어서 스스로 터득함이 있어야 하는 것이다. 너는 아직 멀었다."

"도둑이란 재물을 많이 얻는 것이 제일입니다. 저는 아버지보다 소득이 항상 배나 되고 나이도 아직 젊으니 아버지 나이가 되면 틀림없이 특별한 재주를 터득하게 될 것입니다."

"그렇지 않다. 나의 방법을 그대로 따라하기만 해도 겹겹의 성에 들어갈 수 있고 깊이 감춘 물건을 찾아낼 수는 있다. 그러나 조금이라도 실수를 하면 화가 따른다. 아무런 단서도 남기지 않고 임기응변하여 거침이 없는 그런 수준은 어느 경지에 이른 사람만이 할 수 있는 것이다. 너는 아직 멀었다."

그러나 아들은 아버지의 말을 건성으로 들어 넘겼다.

다음 날 밤 아비 도둑은 아들을 데리고 어느 부잣집에 들어갔다. 아들을 보물 창고 안으로 들어가게 하고는 아들이 보물을 챙기느라 정신이 없을 때쯤 밖에서 문을 닫고 자물쇠를 채운 다음 자물통을 흔들어 주인이 듣게 하였다. 주인이 달려와 쫓아가다가 돌아보니, 창고의 자물쇠는 잠긴 채 그대로였다. 주인은 방으로 되돌아갔고, 아들 도둑은 창고 속에 갇힌 채 빠져나올 길이 없었다. 빠져나갈 방도를 궁리하던 아들 도둑은 마침내 손톱으로 박박 쥐가 문짝 긁는 소리를 냈다. 주인이 소리를 듣고 말했다.

"창고 속에 쥐가 들었군. 귀중한 물건들을 망치겠다. 쫓아버려야지."

주인이 등불을 들고 나와 자물쇠를 열고 살펴보려는 순간, 아들 도둑이 쏜살같이 빠져 달아났다. 주인집 식구들이 모두 뛰어나와 뒤쫓았다. 아들 도둑은 더욱 다급해져서 벗어나지 못할 것을 알고는 연못가를 돌아 달아나

백일

다가 큰 돌을 들어 못 속으로 던졌다. 뒤쫓던 사람들이 말했다.

"도둑이 물 속으로 뛰어들었다."

모두가 못가에 빙 둘러서서 찾았다. 아들 도둑은 그사이에 빠져나갔다.

집으로 돌아와 아비를 원망하며 말했다.

"새나 짐승도 제 새끼를 보호할 줄 아는데, 제가 무슨 큰 잘못을 했다고 이렇게 욕을 보이십니까?"

그러자 아비 도둑이 말했다.

"이제 너는 천하의 독보적인 존재가 될 것이다. 사람의 기술이란 남에게서 배운 것은 한계가 있기 마련이지만, 스스로 터득한 것은 응용이 무궁한 법이다. 더구나 곤궁하고 어려운 일은 사람의 심지를 굳게 하고 솜씨를 원숙하게 만드는 법이다. 내가 너를 궁지로 몬 것은 너를 안전하게 하자는 것이고, 너를 위험에 빠뜨린 것은 너를 건져 주기 위한 것이다. 네가 창고에 갇히고 다급하게 쫓기는 일을 당하지 아니하였던들, 어떻게 쥐가 긁는 시늉과 돌을 던지는 기발한 꾀를 냈겠느냐. 너는 곤경을 겪으면서 지혜가 성숙해졌고 다급한 일을 당하면서 기발한 꾀를 냈다. 이제 지혜의 샘이 한번 트였으니 다시는 실수하지 않을 것이다. 너는 천하의 독보적인 존재가 될 것이다."

그 후에 과연 아들은 천하제일의 도둑이 되었다.

―강희맹姜希孟의『사숙재집私淑齋集』「도자설盜子說」

호랑이의 보은

동물은 각기 나름대로 은혜를 갚는 방법이 있다. 호랑이 역시 그렇다. 옛날에 어떤 사람이 산길을 가는데, 호랑이가 목에 무엇이 걸려 울부짖고 있었다. 행인이 호랑이에게 말했다.

"내가 너를 구해 주고 싶으나, 네가 사람을 깨물어 죽이니, 나도 물지 않겠는가."

호랑이는 행인을 향해 꼬리를 흔들면서 물지 않겠다는 시늉을 했다. 그래서 손으로 입 안을 더듬어 보니 비녀가 있어서 제거해 주었다. 그러자 호랑이는 머리를 조아린 뒤 가 버렸다. 얼마 뒤 그 사람이 부친상을 당하자 호랑이가 나타나 창 밖에서 소리를 지르는데 마치 무엇을 원하는지 묻는 것 같았다. 호랑이는 머리로 산을 가리키고는 그 사람을 돌아보았다. 사람이 이상히 여겨 따라가 보았다. 한 산자락에 이르자 호랑이는 머리로 땅을 두드리고 세 번 흙을 파헤치고 가 버렸다. 그 사람은 자기 아버지를 그곳에 장사 지냈는데 복지福地였다.

—『망양록』

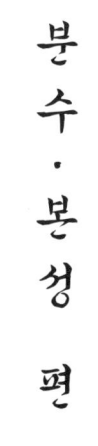

분수·본성 편

들쥐와 민가에 사는 쥐

들에 사는 쥐와 민가에 사는 쥐가 만났다. 민가에 사는 쥐는 자기가 얼마나 잘사는지 들쥐한테 자랑하고 싶어서 들쥐를 자기 집으로 데리고 왔다. 민가에 사는 쥐의 집은 부잣집 곳간이었다. 곳간을 보니 쌀도 있고, 보리와 콩도 있고, 팥과 밤뿐 아니라 고기도 많이 쌓여 있었다. 들쥐는 '민가에 사는 쥐는 참 좋은 데서 사니 행복하겠구나.' 라고 부러워했다.

민가에 사는 쥐는 들쥐를 대접하느라고 떡이며 고기, 밤이랑 여러 가지를 갖다 놓고 먹으라고 했다. 들쥐가 막 먹으려고 하는데 곳간 문이 활짝 열리며 주인이 들어왔다. 쥐들은 겁에 질려 먹지도 못하고 얼른 숨었다. 주인이 나가자 이제 먹을 것 앞에 나가서 다시 먹으려는데 또 곳간 문이 열리며 그 집 며느리가 들어왔다. 쥐들은 또 나가 숨었다. 며느리가 나간 뒤 이번에는 아이가 들어왔다. 쥐들은 또 나가 숨었다. 아이가 나간 뒤 다시 먹으려 하는데 이번에는 머슴이 들어왔다. 또 기겁을 하고 나가서 숨었다. 머슴이 나간 뒤에는 고양이가 살짝 들어왔다. 그래서 도망쳐 쥐구멍으로 들어갔다. 그런데 고양이는 나가지도 않고 오래오래 앉아 있었다. 쥐들은 먹을 것을 눈앞에다 두고 애만 태웠다. 들쥐가 생각해 보니, 들에 살 때 이런 일이 통 없었다. 먹고 싶으면 언제나 마음 놓고 먹고 나가고 싶으면 언제나 마음 놓고 나가곤 했는데, 민가에 와 보니 그렇지 못했다. 그래서 여기는 살 데가 못 된다 하면서 얼른 들판으로 돌아왔다.

- 『한국구전설화』

공부와 일

옛날에 어떤 집에 형제가 있었는데, 형은 미련하고 글재주가 없어 일만 시켰다. 반면에 동생은 글재주가 있어 서당에 보내어 글공부를 시키고 일은 하나도 하지 않았다. 형이 가만 보니까 자기는 뼈 빠지게 일하는데 동생은 일도 하지 않고 편안하게 공부만하고 있어서 못마땅했다. 그래서 아버지에게 말했다.

"나도 공부하겠어요. 나 공부시켜 주지 않으면 죽겠습니다."

아버지는 그렇게 하라고 하면서 큰아들 놈의 상투를 꽉 잡아매고 망건을 씌우고 버선을 신겨서 서당에 보냈다. 형이 서당에 가서 공부를 하는데 상투를 꽉 잡아맨데다 망건은 이마를 조이고 버선 신은 발도 조이고 하니까 여간 고통스러운 게 아니어서 견딜 수가 없었다.

"야, 공부하는 것이 일하는 것보다 더 힘이 든다."

형은 집에 와서 아버지에게 세상에 제일 힘든 것이 공부라고 하면서, '난 공부 안 하고 일만 해야지.' 라고 다짐했다. 형이 도로 일을 하는데, 일할 때에 소가 말을 듣지 않으면 이렇게 말했다.

"이놈의 소야, 상투 꽉 잡아매고 망건 씌우고 버선 신겨 공부시킨다!"

－『한국구전설화』

부채 장사 마누라와 달력 장사 마누라

옛날에 한 사람이 부채 장사를 하는데 부채 장수 마누라는 해마다 자기 서방이 팔 부채를 새로 받아 오면 거기서 몇 자루를 빼내서 감추어 두었다. 그렇게 몇 해가 지났다. 그런데 한 해는 그만 장사가 잘 안 되어서 폐업할 지경이 되었다. 얼마 있던 재산도 없어져 장사를 못하게 될 지경이었다. 그때 마누라는 그동안 모아 둔 부채를 내주었다. 그래서 이것을 팔아 형편이 나아지게 되었다.

또 다른 사람은 달력 장사를 하는데 달력 장수 마누라는 부채 장수 마누라 하는 것을 보고 저도 그래 보겠다고 해마다 달력을 몇 책씩 빼서 모아 두었다. 이렇게 몇 해를 모아 두었다. 그런데 달력 장수도 장사가 안 되어 폐업할 지경까지 되어 장사를 더 할 수 없었다. 그러니까 달력 장사 마누라는 그동안 모아 둔 달력을 내주면서 이것을 팔아 장사하라고 했다.

- 『한국구전설화』

옹기 장사

근래에 남쪽 지방에 옹기를 팔아먹고 사는 가난한 장사꾼이 있었다. 하루는 옹기를 짊어지고 가다가 힘이 들어 나무 그늘에서 쉬었다. 짐을 지팡이로 받쳐 놓고 옆에 앉아 가만히 생각했다.

'이 옹기 하나를 팔면 옹기 둘은 마련할 수 있겠지. 둘은 넷, 넷은 여덟, 여덟은 열여섯, 열여섯은 서른둘, 서른둘은 예순넷, 예순넷은 백스물여덟……. 이렇게만 되면 천만 개도 될 수 있을 것이고 이익은 끝이 없겠지. 나는 집에 수천 금의 돈을 쌓아 놓을 수 있고 좋은 논밭에 으리으리한 집도 가질 수 있을 거야. 그런 집주인 늙은이가 되면, 어진 아내와 예쁜 첩이 제 발로 찾아올 게 틀림없어. 아내는 왼쪽에, 첩은 오른쪽에 앉혀 놓고 예쁜 모습을 쳐다보며 사랑도 할 수 있을 것이며 둘 사이에 앉아서 장난도 칠 수 있을 테니 이만한 즐거움이 어디 있겠는가?'

드디어 기뻐하며 날뛰었다. 그러다가 잠시 후 다시 생각해 보았다.

'아내와 첩이 방을 함께 쓴다면 반드시 싸울 거야. 이때 사납게 소리쳐서 그들의 질투를 막아야지. 어찌 내 소리를 듣고 공손히 물러나지 않겠는가?'

기지개를 펴다가 옹기를 떠받치고 있던 지팡이를 치게 되었다. 지팡이가 옹기에 닿자마자 우지직거리며 무너졌다. 장사꾼은 놀란 채 길게 한숨을 쉬며 말했다.

"아내와 첩을 함께 두면 정말 해롭구나."

— 『고금소총古今笑叢』

다리 없는 베

남쪽 고을에 어떤 태수가 있었다. 그는 몹시 탐욕스러웠다. 남몰래 나라의 재물을 제 집으로 실어가 남아나는 것이 없을 지경이었다.

하루는 어떤 백성이 죄를 지어 물건으로 대신 갚아야 하는 사건이 일어났다.

고을 아전은 그 백성의 집에서 송아지를 빼앗아 갔다.

그러자 태수는 그를 꾸짖으며 타박을 놓았다.

"송아지는 되돌려주고 베로 가져오렷다."

아전에게 이 말을 전해 들은 백성은 분을 참을 수 없어 관가 마당에 가서 따졌다.

"한 말씀만 올리고 죽겠나이다."

"하고 싶은 말이 있으면 어디 해보거라."

"베는 다리가 없는데도 사또의 댁으로 잘도 들어갑디다. 제 송아지는 다리가 넷이나 있는데 왜 안 된다는 것입니까?"

그러자 사또는 매우 부끄러워하였다.

―『태평한화골계전』

재물

광평자匡平子의 집에 불이 났다. 우승右丞 벼슬을 하던 사람이 가서 위로하였다. 어떤 사람이 우승에게 말했다.

"광평자는 어진데도 이런 재난을 당하니 하늘의 도는 헤아리기 힘듭니다."

우승이 말했다.

"그렇지 않다. 하늘이 꾸짖는 것은 당연한 것이지 재앙은 아니다. 어질다고 하는 사람은 덕과 은혜를 두루 베풀 수 있는 것이다. 그러므로 사람들은 그를 원망하지 않고 하늘은 재앙을 내리지 않는다. 지금 광평자는 다른 사람들한테 얻는 것이 많으면서도 남에게 쓰는 것이 적고, 재산이 있으면서도 베풀 줄 모른다. 곡식이 있어도 창고를 풀어 나누어 줄 줄 모르며, 친척 중에 궁핍한 자가 있어도 도와주지 않고, 친구가 찾아와도 풍성하게 접대하지 않는다. 이것은 광주리에 감추어 놓고 창고에 쌓아 두고서 남에게 자랑하기 위해 재물을 지키기만 하는 것이니, 비록 재물이 있다 한들 실제로는 아무것도 없는 것과 마찬가지다. 무릇 먼지가 쌓이면 벌레가 생기며, 포나 건어물을 쌓아 두면 좀이 생기게 마련이다. 사람이 재물과 곡식을 쌓아 두면 불이 나는 것이 마땅한 이치다. 폭군 주紂는 녹대鹿臺(재화를 쌓아 두던 곳)의 재물과 거교鉅橋(곡식을 쌓아 두던 창고)에 가득한 곡식을 가지고 있었지만 나라가 망하고 자신의 목숨을 잃었다. 광평자의 몸에 화가 미치지 않은 것만 해도 다행이다."

－『부휴자담론』

씨 뿌리기

동고자東皐子가 바위틈에 집을 짓고 산골짜기를 일구어 논밭을 만든 뒤 농사를 지었다. 하지만 몇 년이 지나도 곡식이 여물지 않자 농기구를 던지면서 탄식하였다.

"다른 사람의 땅은 모두 풍년이 드는데 내 땅만 유독 흉년이 드니, 어찌 하늘이 나를 도와주지 않는단 말인가?"

녹피옹鹿皮翁이 이 말을 듣고 웃으면서 말했다.

"어찌 그대는 자연의 이치를 모르는 것이오? 땅은 각각 성질이 달라 기름지고 척박한 차이가 있소. 한 지경 안에서도 높은 곳에는 기장을 심는 것이 마땅하고 가운데 땅에는 피가 알맞으며 낮은 땅에는 벼가 마땅하지요.

드넓은 천하를 가지고 말하자면 위천渭川에는 천 무畝의 대나무밭이 있고, 연燕나라와 조趙나라 땅에는 천 그루 대추나무가 있지요. 촉蜀 땅에는 생강과 토란이, 형荊 땅에는 귤나무가 각기 땅 성질에 맞게 자라고 있지요.

땅에 알맞게 씨를 뿌려야 뿌린 씨가 결실을 맺는 법입니다. 땅과 작물의 성질을 무시한 채 한 해 내내 부지런히 일하며 온 힘을 쏟더라도 소득이 없겠지요. 벼는 물이 많은 진흙땅이 알맞은데도 그대는 메마른 언덕에 씨를 뿌렸소. 벼가 흰 가루가 생길 정도로 쉽게 말라 버렸지만, 개울이 막혀 물을 댈 수가 없었지요. 그러니 남들은 다 풍년인데 나만 흉년이라고 한탄하는 것이 정말 당연한 결과가 아니겠소?

그대는 그저 산수山水의 즐거움만 알고 집안을 일으켜 세우는 이익은 생각지 않은 것이오. 그러면서도 자신이 어리석은 줄은 모르고 하늘만 탓하고 있으니, 그래야 되겠소? 세상 사람 중에 자신이 세운 계획을 잘 이루지 못하는 자들은 다 그대 같은 사람들이오."

- 『부휴자담론』

부자와 가난한 사람

제齊나라 의씨猗氏는 탐욕스럽고 부유하였지만, 죽은 날 대문을 열어 놓아도 조문 온 사람이 하나도 없었다. 위魏나라 복씨卜氏는 가난하면서도 청렴하였지만, 죽은 날 조문객의 수레가 골목길을 메웠다. 어떤 사람이 후 선생候先生에게 물었다.

"사람들은 부유하기를 바라고, 가난을 천하게 여깁니다. 그런데도 살 때와 죽을 때가 같지 않은 것은 왜 그렇습니까?"

후 선생이 말했다.

"부유하기를 바라는 것은 재물을 흩어 나누어 줄 수 있기 때문이지요. 나누어 주는 것을 그치지 않는다면 보답하려는 사람도 게으르지 않겠지요. 복씨는 원래 가난한 사람이 아니었지요. 곡식이 있어도 애써 쌓아 두려 하지 않고, 있는 재물을 숨겨 두기에 힘쓰지 않았습니다. 친척이나 친구들이 복씨의 은혜를 충분히 입었지요. 마을 사람들 중에서 궁핍한 자들도 모두 그 혜택을 입었습니다. 비록 소박한 밥과 콩국이라도 함께 나누어 먹고자 하여 인색하지 않았습니다. 내가 의로움을 베풀면 사람들도 의로움으로 대하며, 내가 예로 사람을 대하면 사람들도 예로 보답하는 법이지요.

그런데 의씨는 그렇지 않았지요. 만 섬의 곡식이 있어도 나누어 줄 줄 몰랐고 만 관의 돈이 있어도 쓸 줄을 몰랐습니다. 고기가 썩어 벌레가 생겨 먹을 수 없게 되고, 술이 시어 거품이 일어나 마실 수 없게 될 정도였지만, 창고에 쌓아 둔 것이 부족하다고만 걱정하였고, 보잘것없는 옷과 음식조차도 오히려 싫어하지 않았지요. 이는 남의 재물을 지키고 있는 것이지 제 재산이라고 할 수는 없겠지요. 사귀는 자들은 모두 이익을 밝히는 사람이어서, 자신에게 이로우면 사귀고 이롭지 않으면 떠나갔습니다. 그는 살아서는 영화롭지 않았고, 죽어서도 욕을 보지 않았습니다. 돼지 잡는 백정은 돼지 목숨을 아까워하지 않고, 까마귀 잡는 포수도 까마귀의 목숨을 아끼지 않는 법입니다. 사람들에게 미움을 받으면 그렇게 되는 것이지요. 의씨가 몸에 큰 해를 입지 않고 죽은 것만도 다행이라 할 수 있겠지요."

-『부휴자담론』

쥐와 고양이

고씨네 집 고양이가 쥐를 잘 잡아서 뭇 쥐가 두려워하며 방자히 굴지 못했다. 그래서 이상한 바람소리만 들어도 반드시,
"고양이가 온다."
하고 소리를 질러 쥐들이 숨으니, 이로 인해 쥐들도 큰 상처를 입지 않았다. 그들은 누추하게 지내며 종족을 번식해왔으나, 늘 먹을 것이 없을까 근심했다.

어느 날 쥐들은 종족들을 모아 놓고 의논했다.
"누가 고양이를 죽일 것인가? 우리가 꼭 해야 되는데."
어떤 쥐가 말했다.
"이것은 쉽게 말할 수 있는 것이 아니오. 차라리 방울 하나를 매달아서 방울소리를 듣고 쉽게 피하는 것만 못하오."
그러자 늙은 쥐가 탄식했다.
"너희는 이제 다 죽게 될 것이다. 너희가 사람의 방울을 훔친다 한들 누가 감히 고양이 목에 달 것인가? 너희는 훔칠 수도 없고, 방울을 달지도 못한다. 사람은 다른 사람의 도둑질도 막는데 너희가 도둑질하는 것을 막지 못하겠느냐? 너희는 힘을 다 써보기도 전에 굶주려 죽을 것이다.

그러나 너희가 맡은 바 직분을 다 한다면 남쪽 산의 상수리와 북쪽 산의 도토리는 다 먹을 수 있지 않겠느냐? 제 할 일을 다 하지 않고 사람들에게 해만 끼치려고 하므로 고양이가 공을 세울 수 있는 것이다. 진실로 너희가

해를 끼치지 않는다면 고양이의 공도 없어지게 될 것이다.

내 말은, 우리가 해를 입지 않고 누추하게라도 지내면서 번식할 수 있는 것은 고양이의 덕인 것이야. 고양이가 죽으면 우리도 얼마 지나지 않아 망하고 말 것이다."

그런 일이 있은 뒤 고양이가 개에게 물려 죽었다. 늙은 쥐는 매우 슬퍼하며 눈물을 줄줄 쏟았다. 쥐들이 말했다.

"개가 원수를 죽였는데 왜 슬퍼하시오? 즐거워해야 할 게 아니오?"

그러자 늙은 쥐가 화를 냈다.

"너희가 어찌 알겠느냐? 우리는 음지에서 사는 부류로 성질이 탐욕스럽다. 탐욕만 부리고 그칠 줄 모르면 화를 입을 것이다. 이제 우리에게 고양이가 없으니, 반드시 담벼락에 구멍을 내겠지. 분명 책을 갉아먹을 것이며, 의복을 더럽히고 음식을 도둑질할 뿐 아니라 진귀한 보물에 흠집을 낼 것이다. 이런 짓을 그치지 않고, 도둑질을 더욱 방자하게 할 것이니, 사람들이 모아 놓은 것이라면 그 무엇인들 해치지 않겠느냐? 너희가 두려움을 알아서 감히 방자하게 굴지 못하고 굶주림을 참고 지혜를 기르며, 죽을 때까지 놀고 즐기면서도 해를 입지 않았던 것은 고양이 덕분이다. 이제 고양이가 죽었으니 화가 닥칠 것이다."

늙은 쥐가 마침내 자식들을 데리고 도망하여 깊은 산속으로 들어가니, 쥐들은 서로 쳐다보며 비웃었다. 그러고는 드디어 고씨네 집을 공격하여 담벼락에 구멍을 내고, 책을 갉아먹으며 의복을 더럽히고 음식을 도둑질할 뿐 아니라 진귀한 보배에 흠집을 내는 등 방자하기가 그지없었다.

　마침내 고씨가 이를 미워하여 종들을 데리고, 날카로운 삽으로 쥐구멍을 파서 불을 질러 연기를 뿜고 뜨거운 물을 그 속으로 흘려보냈다. 그리고 날랜 고양이를 쥐구멍 앞에 두어 달아나는 쥐들을 잡아먹게 하였다. 쥐들은 다 죽고, 오직 늙은 쥐만 살아남았다.

- 『망양록』

남의 것을 탐낸 지렁이

지렁이는 번쩍거리는 눈이 있었고, 매미는 번쩍거리는 띠가 있었다. 지렁이가 매미를 쳐다보면서 말했다.

"네 띠는 정말 번쩍번쩍하는구나! 누가 너한테 주었니?"

매미가 말했다.

"하느님이 주셨지. 내가 눈도 없이 날아다니고, 입이 없는데도 울면서 맑은 소릴 토해 내면 아름다운 소리를 낸다며 하느님께서 예쁘게 보시고 황금 띠 두 개를 내려 주시고 맑은 바람 부는 숲 속에 살게 하셨어. 그러니 내가 천지간에 귀한 몸이 된 거지."

지렁이가 말했다.

"참으로 훌륭하구나! 나는 땅의 신을 보좌하는 몸이라 멋진 관복을 입고 뽐내야 하는데, 지금 띠가 없으니 네 것을 나에게 주면 어떻겠니?"

매미가 대답했다.

"하느님이 주신 건데 어떻게 내 마음대로 할 수 있겠니? 게다가 이 보물은 천하에 어떤 것도 이만큼 귀한 것이 없단다. 네가 가진 것으로는 그만한 값어치가 되는 것은 없을 걸."

지렁이가 열이 나서 말했다.

"나는 눈이 밝아 가깝고 먼 것을 다 살필 수 있고, 이롭고 해로운 것도 살필 수 있지. 그래야 안전한 거야. 네가 내게 띠를 주면 나는 네게 눈을 줄게. 어떠냐?"

매미가 대답했다.

"값이 그리 차이가 나지 않을 거야. 그리고 나는 곧 껍질을 벗어야 할 목숨이고 한동안 너와 이웃 친구로 지냈으니, 어찌 마음에 두겠니."

지렁이는 매우 기뻐하며 매미의 띠를 가지고, 드디어 자기 눈을 그에게 주었다. 매미는 눈을 얻어 날마다 하늘을 높이 날았지만, 지렁이는 볼 수가 없게 되어 하루하루 바보처럼 되었다.

지렁이가 띠를 차고 땅 임금께 조회를 갔더니, 임금이 그를 천박하게 여겨 두엄 더미 속으로 추방해 버렸다.

—『망양록』

헛된 명성

불이 일어나면 연기도 따라서 높이 올라가고, 불이 꺼진 뒤에도 연기는 더욱 높고 멀리 올라간다. 헛된 이름이 세상에서 불타듯 요란스러운 것은 그만한 까닭이 있다.

어떤 사람이 이런 말을 했다.

"서울에 뱀 같은 이상한 벌레가 태어났다. 그 소문이 마을을 나가면 벌레에 발이 달리고, 성城을 나가면 발이 늘어나며, 경기京畿 지방을 벗어나면 날개가 돋아난다. 벌레는 백 리를 나가면 바람과 구름을 일으키고 천 리 밖에선 우레가 치게 한다고 바뀐다. 수천 리에 이르면 기괴하게도 천지간의 한 신기한 동물이 된다."

그러자 다른 사람이 말했다.

"서해에 뱁새와 비슷하게 생긴 이상한 새가 태어났다. 말이 한 번 전하면 참새가 되고, 두 번 전하면 새매였다가, 세 번 전하면 꿩이 되고, 백 사람째 되면 큰 기러기가 되고, 천 사람째에는 붕*이 된다. 천만 사람에 이르면 기괴하게도 천지간의 신비한 새로 변한다. 뱀이 신기한 동물이 되고, 뱁새가 신비스런 새가 되는 것이 이렇게 쉬운 일인 줄은 모르겠다."

그런데도 지금 사람들이 신기한 동물과 신비스런 새를 믿고 그것을 찾으면서 뱀과 뱁새의 추함을 떠나지 못하고 있다. 이것은 사람들이 그 소문을 믿기 때문이 아니겠는가?

옛날에 두 재사才士가 있었는데, 개미와 까치다. 그들은 서로 투기하는 방법이 달랐다. 개미는 늘 까치를 헐뜯었으나 까치는 매번 개미를 칭찬했다. 헐뜯는 소리는 황천黃泉에까지 이르고, 칭찬하는 소리는 푸른 구름 위까지 들렸다.

까치가 말했다.

"내가 어찌 개미와 같기를 바라겠는가. 개미의 품성은 안연*과 같고, 학문은 공자孔子와 같다. 재주는 이윤*이나 주공*과 같고, 문장은 사마천*과 같다. 벗을 구하면서 개미를 찾지 않는다면 사람을 잘 알아보지 못하는 것이고, 신하를 구하면서 개미를 찾지 않는다면 인재를 알아보지 못한 것이다."

까치의 입에서 개미의 칭찬이 떠날 줄 몰랐다.

그러자 곁에서 듣고 있는 사람이 까치가 개미보다 능력이 모자라면서도 시샘을 하지 않고 오히려 개미의 잘난 점을 끊임없이 칭찬하는 것은 보통사람과는 다르다고 하였다. 그러자 까치한테 친구들이 모여들고, 조정에서는 벼슬을 내려 주어, 그 집안이 하루아침에 빛나게 되었다. 그러나 개미가 까치의 단점을 얘기하는 것은 옛날과 똑같았다.

그러자 까치의 아들이 말했다.

---

* 붕(鵬) | 장자(莊子)』「소요유(逍遙遊)」편에 등장하는 등의 너비가 수천 리가 된다는 전설상의 새.
* 안연(顔淵) | 학문과 덕행을 겸비한 공자의 제자.
* 이윤(伊尹) | 상(商)나라의 어진 재상.
* 주공(周公) | 주나라의 기초를 다진 임금.
* 사마천(司馬遷) | 중국 역사서 『사기(史記)』의 저자.

"개미가 늘 아버지를 욕하는데도, 아버지께서는 항상 그를 잘났다고 칭찬하는 것은 무슨 까닭인지요? 저는 정말 그를 원수로 생각합니다."

까치가 웃으며 말했다.

"어찌 그를 원수로 대하겠느냐. 개미가 나를 헐뜯더라도, 내가 훼손되지 않으면 도리어 나에게 유익한 것이 아니겠느냐. 내가 개미를 칭찬하더라도 그에게 칭찬받을 만한 것이 없다면, 그것은 개미에게 복수를 하는 것이나 다름없다. 저 썩은 나무를 보지 못하였느냐. 초가집 처마에 두면 오히려 지탱할 수 있지만, 청황색靑黃色을 칠하여 큰집의 화려한 대들보로 쓴다면 꺾어지는 재앙을 면치 못할 것이다. 그러니 개미는 오래가지 못할 것이다."

과연 얼마가지 않아서 개미는 헛된 명성 때문에 패가망신하였다. 이로 본다면 헛된 명성이 사람에게는 짐새의 독*과 같다고 할 수 있지 않겠는가. 사람들이 헛된 명성으로 나를 칭찬하는 것은 나를 원수로 여기는 것이 아니겠는가. 그런데도 으스대기를 좋아하는 사람은 그런 이치를 모르고 명성이 나지 않음을 걱정하는데, 그렇게 해서 망하지 않는 사람이 얼마나 되겠는가.

— 『망양록』

* 짐(鴆)새의 독(毒) | 짐새의 깃털에는 독이 있는데 그것을 술에 담가 우려내어 사람을 독살할 때 사용하였다.

여우의 꾐

여우는 사람을 잘 호린다. 천 년 묵은 여우는 사람의 모습을 하고 보통 사람들을 잘 속인다. 여자를 만나면 반드시 멋진 남자의 모습을 하고, 남자를 만나면 아름다운 여인의 모습을 해도, 사람들이 잘 구분을 하지 못하고 이따금 홀린다.

앞에 있는 가시를 '물'이라고 말하여 옷을 벗고 지나가도록 해도 가시인 줄 모르며, 앞의 물을 보고 '땅'이라고 말하여 옷을 입은 채 건너게 하지만 물인 줄 모른다. 홀렸으면서도 홀린 줄 모르고, "나는 다른 사람과 똑같다."고 말하며 천연스럽게 굴지만, 넋이 나가 완전히 딴 사람이 되니 안타까운 일이다. 사람들이 평소에는 이런 사실을 알고 두려워하며 피할 줄 안다. 그런데 한번 이 여우를 만나면 홀리는 것은 무슨 까닭인가. 그것은 욕심이 있기 때문이다. 바른 사람이 지나가면 여우는 춤을 추며 나타나지 못한다. 바른 사람은 욕심이 적다는 것을 알기 때문이다.

—『망양록』

심마니 김씨

영^평평永平 땅에 삼參을 캐어 먹고사는 김씨가 살았다. 하루는 다른 심마니 두 사람과 같이 백운산白雲山 깊은 곳에 들어갔다. 높은 봉우리에 올라가 굽어보니 큰 구렁이 사면으로 병풍을 깎아 세운 듯이 둘러 있고, 그 가운데 인삼이 무더기로 자라고 있었다. 세 사람이 기쁨을 이기지 못하고 캐려 하였으나 타고 내려갈 길이 막막했다. 그래서 풀을 엮어 바구니를 만들고 칡으로 동아줄을 꼬아 김씨를 바구니에 앉혀 줄을 내려뜨렸다. 김씨가 내려가 삼을 많이 캐어 십여 속을 묶어 바구니에 담아 올렸다. 두 사람은 위에서 계속 줄을 당기다 삼을 거의 다 캐어 올리자, 김씨를 내버려둔 채 삼을 반씩 나누어 가 버렸다. 김씨가 낙심하여 사면을 돌아보니 깎아지른 절벽이 백 길은 되는 것 같았다. 할 수 없이 벼랑에 기대어 남은 삼을 캐어 먹고 겨우 살아가게 되었다. 육칠일 밥을 먹지 못하였는데도 기운이 가득 차 밤이면 바위 밑에서 자고 낮에는 석벽石壁을 돌아다녔다. 그러나 아무리 해도 세상으로 나갈 방법이 없어 죽기만을 기다릴 뿐이었다. 그러던 어느 날 바위 가의 풀이 쓰러지고 비바람 소리 같은 것이 나기에 쳐다보니, 물레 같은 머리와 횃불 같은 눈을 한 큰 구렁이가 굴속으로 내려와 김씨가 앉아 있는 곳으로 기어왔다. 김씨가 '이제 나는 죽었구나.' 라고 생각하고 있는데 구렁이는 김씨 앞을 지나, 몸을 바구니와 동아줄이 드리웠던 석벽을 향하여 벽에 붙이고 꼬리는 김씨 앞에 두며 흔들었다. 김씨는 '구렁이가 사람을 보고 해코지하지 않고 꼬리를 흔드니 이것은 나를 구하려는 것이라.' 고 생각하고,

허리띠를 끌러 한 끝은 구렁이의 꼬리에 매고 또 한 끝은 자기 몸에 굳게 매었다. 구렁이가 한 번 꿈틀거리자 어느새 굴 밖으로 나왔다. 김씨가 꿈꾼 듯 몽롱해할 때 구렁이는 어느덧 수풀로 들어가 버렸다.

 김씨가 드디어 옛 길을 찾아 산에서 내려오는데, 자기를 버리고 간 심마니 두 사람이 나무에 기대어 앉아 있는 것을 멀리서 보고 소리쳤다.

 "그대들이 나를 기다리고 있었구먼."

 그런데 아무 대답이 없었다. 가까이 가서 보니, 삼은 그대로 있는데 그들은 이미 죽은 지 오래된 것 같았다. 그 까닭을 모른 채 급히 두 사람 집에 가서 말했다.

 "내가 두 사람과 삼을 캐러갔다가 같이 음식을 먹는데, 갑자기 구토가 일어나 나만 겨우 살고 두 사람은 독한 것을 먹었는지 살아나지 못했소. 참혹함을 어찌 다 말하리오. 어서 가서 시체라도 상여에 메어 오시오."

 그러고는 산삼을 두 집에 다 나누어 주었다. 두 집에서는 평소에도 김씨를 깊이 믿어 오던 터라, 그의 말대로 서둘러 가서 시체를 거두는데 상한 곳이 하나도 없자 더욱 의심이 없어졌다. 오히려 삼을 한 뿌리도 가지지 않고 나누어 준 김씨를 고마워했다.

-『청구야담』

제 본성대로

호랑이가 뱀, 모기, 파리, 벼룩을 나무 아래에서 만나, 서로 사람 괴롭히는 일을 자랑했다. 먼저 벼룩이 말했다.

"나는 몸뚱이가 보잘것없지만 엄청 용감하고 지혜롭다. 낮이면 사람들 저고리 고의춤에 들어가 사람들을 제대로 앉아 있을 수 없게 만들고, 저녁이면 번번이 이부자리로 들어가 사람들을 편히 잠잘 수 없게 한다. 그들이 나를 잡으려 들면 감쪽같이 뛰어올라 도망하는 듯하다가는 곧 되돌아온다. 눈 밝고 손놀림 빠른 인간이라 하더라도 허둥대게 마련이니, 제까짓 것들이 나를 어쩔 것인가?"

그러자 파리가 말했다.

"네가 비록 삼 백 번을 뛰어오른들 내가 나는 것만 하겠느냐. 이 몸은 재빠르고 재주가 있지. 사람들 책상이나 밥상에다 점을 찍어 더럽히고, 사람들 머리카락이나 눈썹에 앉아 성가시게 군다. 음식을 먼저 맛보고, 검은 음식이든 흰 음식이든 감쪽같이 색깔을 바꾸어 놓는다. 어디든지 따라가고 쫓겨났다간 다시 돌아온다. 우리를 보고 칼을 빼며 성을 내는 자도 있지만, 어떻게 할 수가 없다."

또 모기가 말했다.

"내가 수풀 속에서 태어나 어둠을 틈타 움직이지만, 우리도 모이면 천둥소리를 내고 흩어지면 바람을 타고 날 수 있다. 비록 우리가 산을 짊어질 힘은 없지만 살갗을 가장 잘 깨무는 재주는 있다. 벼룩이 잘 깨문다고는 하지만 날카로운 우리 주둥이만은 못할 것이요, 파리가 잘 난다고는 하지만 가벼운 우리 몸만은 못할 것이다. 이렇기 때문에 위엄 있는 제환공齊桓公도 우리를 쫓느라 휘장을 열도록 했고*, 정절을 지키는 여자도 우리에게 쏘인 피부가 간지러워 팔뚝을 드러내는데, 내가 어찌 저 인간들의 구차한 모깃불 화공火攻을 두려워하겠는가?"

이어서 뱀이 말했다.

"너희는 한갓 사람을 잘 해친다고 자랑하면서 나를 업신여기지 마라. 나의 명성은 용과 같고 독은 전갈과 함께 유명하다. 어떨 때는 구슬을 물어다 보답도 하고, 넓적다리 살을 베어 충성도 하게 한다. 군자들은 내 칩거 생활을 배워 몸을 보전하는 법으로 삼았고, 계집아이가 태어날 때는 내 꿈으로 상서로움을 나타낸다. 팔진八陣을 펼칠 때에 내 모양 아니면 어디서 본을 뜨겠는가?* 촉蜀나라의 다섯 장사들이 촉도蜀道를 낼 때 내가 아니었다면 어찌 통할 수 있었겠는가?* 그런데도 사람들이 나를 좋아하지 않기 때문에, 영주

* 제환공(齊桓公)도~했고 | 모기가 제환공의 장막에 들어가 예절을 아는 놈은 제환공의 살을 물지 않고 물러나고, 만족할 줄 아는 놈은 조금 먹고 물러가고, 만족할 줄 모르는 놈은 실컷 먹다가 배가 터져 죽었다는 고사가 양원제(梁元帝)의 『금루자(金樓子)』 「입언(立言)」에 전한다.
* 팔진(八陣)을~뜨겠는가? | 팔괘(八卦)의 방위에 맞추어 여덟 가지 형태의 진(陣)을 칠 때, 동북쪽의 간방(艮方)에는 뱀이 똬리를 튼 모양의 사반진(蛇盤陣)을 친다.
* 촉(蜀)나라의~있었겠는가? | 한(漢)나라 양웅(揚雄)의 『촉왕본기(蜀王本紀)』에 촉왕이 진혜왕(秦惠王)이 보낸 미녀를 맞이하기 위해 장수 다섯 명을 보냈는데, 큰 뱀 한 마리가 산속 굴속으로 들어가는 것을 보고 그들이 힘을 합해 꼬리를 잡아당기자 산이 무너졌다는 고사가 전한다.

백삼십일

永州 지방에서는 잡힐까 두려워했다. 그래서 깊이 숨어 똬리를 틀 때도 있었고, 때로는 밖에 나와 놀기도 했던 거야. 나야 한 번도 사람을 해치려는 마음을 가져본 적은 없지만, 사람이 나를 괴롭히려 드는데 어찌 머리를 숙이고 꼬리를 내릴 수야 있겠니? 그러나 너희처럼 사람을 해치지 못해서 눈을 번뜩이며 안달하는 몸짓은 하지 않았다."

가만히 듣고 있던 호랑이가 빙그레 웃으면서 말을 했다.

"너희 모두가 천박하고 하찮으니 말할 거리가 못 된다. 나는 산군山君이라 하며, 대인大人과 같이 변화무쌍하다. 휘파람을 불면 바람이 서늘해지고 으르렁하면 산골짜기가 찢어진다. 산모롱이를 등지고 어금니를 갈고 있다가 먹이를 골라 잡아먹는다. 어찌 너희같이 한갓 쏘고 깨무는 것만을 자랑거리로 여기다가, 손톱과 손바닥에 문드러지고 몽둥이나 올무에 걸려 죽겠는가? 혹시 요행으로 당장이야 죽음을 면한다 해도 결국에는 패망할 것이다. 너희는 한때 일이 뜻대로 풀린다고 해서 늘 그럴 수 있다고 여기지 말거라."

뱀 등 다른 것이 모두 벌컥 성을 내며 말했다.

"그렇기는 합니다만 당신만 유독 두려워하는 게 없단 말이요? 당신도 사람에게 해를 끼치는 게 많기 때문에 사람들이 당신을 해치려고 별의별 수를 다 쓰는 것 아니요. 함정을 만들어 빠뜨리고 산을 에워싸고 몰이를 하지요. 그럴 때 센 활에 메긴 독 묻힌 화살과 화약으로 만든 총알이 심장을 꿰뚫고 목구멍에 명중하면, 그때는 뼈를 발리고 가죽을 벗기지 않소? 참으로 참혹하오."

그때 나무 위에 매미가 있었다. 입으로는 말을 할 줄 몰랐지만 속으로 이렇게 생각했다.

'너희 모두 사람 해코지를 일삼기 때문에 사람도 해코지하는 것이다. 당연한 이치요, 형세가 그렇다. 나 같은 놈은 바람과 이슬을 마시며 높은 데 앉아 소리나 내지, 세상에 요구하는 게 없고 사람에게 해코지하는 것이 없다. 다만 사람들에게 내 소리를 더욱 맑게 들려주어 고상한 풍격을 가슴에 품게 할 뿐이다. 대체 누가 나를 해코지하겠느냐?

모두가 묵묵히 있다가 이렇게 말하면서 각자 흩어졌다.

"잔소리하지 마라! 죽으면 죽는 것이지, 바야흐로 일이 우리 뜻대로 풀릴 때 어찌 본성이 즐거운 걸 바꿀 수 있겠느냐?"

— 윤기尹愭의 『무명자집無名子集』

매의 지혜

봉황과 난새의 덕은 화려한 무늬 때문이요 학의 덕은 맑음 때문이지만 매의 덕은 공격성 때문이다. 공격성이 덕이 될 게 아니지만, 이왕 봉황도, 난새도, 학도 되지 못하고 매가 된 바에야 영롱한 깃털도 아름다운 울음소리도 갖지 못하는 대신 부리와 발톱을 지녔다. 이것은 잘 공격할 수 있도록 만든 것이다. 공격하게 만들어졌는데도 공격하지 않는다면 봉황도, 난새도, 학도 되지 못한데다, 매도 될 수 없는 것이다.

마을에 한 사람이 매를 잡아 이 선생李先生에게 바쳤다. 이 선생은 그놈을 시켜 사냥을 하려고 언덕에 올라 망을 보았다. 매는 막 날아올라 머리를 들고 날개를 펴고는 날렵하게 주변을 돌아보는데 매우 사나워 보였다. 얼마 있다가 꿩이 앞에서 튕겨 나왔다. 매는 날개를 떨치며 따라가서 막 잡으려다가, 갑자기 눈을 흘기며 머뭇거리다 물러났다. 그러는 사이에 꿩은 재빠르게 날아 도망갔다. 조금 지나 토끼가 옆에서 튀어나왔지만 매는 다시 날개를 떨쳐 쫓아가지도 않았다. 오히려 데면데면 바라보며 더욱 뒤로 물러서는 게 마치 두려움이 있는 듯했고, 토끼는 어슬렁어슬렁 지나가 버렸다. 종일 사냥을 해도 결국에는 하나도 잡은 게 없었다.

"어찌 이런 매를 쓰겠는가?"

이 선생은 이렇게 말하며 매를 놓아주었다.

누군가 그 매를 두고 말했다.

"이 매는 어질고도 지혜롭도다. 공격할 수 있는데도 공격하지 않으니 어질지 않은가? 사람이 자기가 공격하지 않으면 반드시 놓아줄 것을 알았으니 지혜롭지 않은가? 그렇지 않았다면 지금 여기에 매어 있었을 것이다."

— 이건창李建昌의 『명미당집明美堂集』

표 내지 않는 분의 솜씨

초楚나라 공자公子가 조각을 좋아했다. 천하에 기교 있다고 소문난 자는 반드시 후하게 대접하여 불러들이니 공자 집에 와서 작품 활동을 하는 자가 수백 명이나 됐다.

어느 날 초나라 제일가는 장인이 찾아와 자기 자랑을 늘어놓았다. 공자가 어떤 기술을 가졌는지 물으니 대답했다.

"제가 나무나 돌로 짐승이나 물고기 등을 만들면 실물과 구별할 수가 없지요."

공자가 매우 기뻐하여 소를 잡아 먹이고 월급도 두둑하게 주면서 멋진 집에 지내게 했다. 석 달이 지나 원숭이 조각을 하나 만들었는데 숲 속에 놓아두었더니, 이게 웬 일인가? 짝 잃은 암놈 원숭이가 와 의지하면서 보름이 되도록 떠나지 않았다. 공자는 신기神技라고 여겨 도로 가져다 보물로 삼았다.

동곽 선생東郭先生이란 자가 초나라에 잠깐 들렀는데, 공자가 쫓아 나와 그것을 과시하여 말했다.

"예나 지금을 통틀어 최고의 장인이라도 이러한 신기가 있을까?"

동곽 선생은 박장대소하면서 말했다.

"공자의 조각 보는 눈이 지엽적입니다."

공자는 화가 벌컥 나서 말을 했다.

"이 조각가의 기술은 가짜를 만들어 진짜 놈을 감동시켰으니 전에 들어

보지 못한 일이오. 그런데 선생은 하찮게 여기니 이보다 나은 자라도 있나 보지요? 어째서 선생은 이처럼 큰소리를 치시오?"

동곽 선생이 대답했다.

"공자만 유독 표시 없이 일하시는 무극자無極子의 솜씨를 듣지 못했기 때문이오. 무극자의 솜씨는 천하에 그보다 빼어난 이가 없는데도 사람들에게 칭송된 적도 없거니와 사람들이 칭송하려 해도 방법이 없지요. 공자는 한번 들어 보시려오?"

공자가 얼른 말했다.

"무극자의 솜씨에 대해 들려주십시오!"

동곽 선생이 대답했다.

"무극자는 눈으로 보지 않고 손으로 움직이지 않지요. 생각도 마음으로 하는 것이 아니요, 새기고 쪼지만 망치나 끌로 하는 것이 아니라오. 수 놓고 채색하여 무늬를 만들지 않고 깃털 장식도 하지 않지요. 요컨대 무위자연에 근본하여 원기元氣를 운행하여 음양오행과 사시 풍우를 조화시키지요. 날개를 달아서 날게 하고 팔다리를 붙여 주어 달리게 합니다.

또 식물의 꽃과 열매나 짐승 물고기의 터럭과 껍질을 만들어 만물의 성질을 소통시키고 생명을 순환시키지요. 네모지고 둥그렇고 길고 짧은 형태, 희고 까맣고 검고 누런 색깔의 온갖 물건을 갖추어 천지에 충만하게 하는 것이 모두 무극자의 일이라오.

하지만 그는 한번도 자기가 솜씨 있다고 생각해 본 적이 없어요. 물어보아도 반응이 없고 찾아도 대꾸하지 않는 걸요. 그냥 혼자서 텅 빈 태허太虛의 뜨락에 지낼 뿐이지요."

공자가 화들짝 놀라서 말했다.

"무극자의 솜씨가 정말 이러합니까? 제가 어떻게 하면 모셔볼 수 있을까요? 선생 덕분으로 한번 모셨으면 합니다!"

동곽 선생이 대답했다.

"무극자는 공자에게서 멀어져 본 적이 없어요. 다만 공자가 찾지 못했을 뿐이에요. 그래도 공자가 무극자를 반드시 초청하고 싶다면 몸과 마음을 깨끗하고 바르게 하는 것이 제일이지요. 복잡한 생각을 하지 말고 자신이 좋아하는 것을 끊고 괜한 사사로운 짓에 골몰하지 마시오. 고요하게 혼자 신명神明과 석 달 정도 지내면 무극자 계신 곳이 은연 중 앞에 나타날 게요.

그런 다음 또 보고 듣는 것을 맑고 바르게 가다듬고 움직임을 단정하고 일관되게 해야 합니다. 그렇게 해서 네모가 동그라미요, 움직임이 고요함이며, 아무것도 하지 않아도 모든 것이 저절로 이루어지는 경지가 된다면 비로소 무극자가 그대를 위해 일꾼이 되어 주실 것이요. 그 경지가 되면 조물주의 조화가 내 기술이 되고 모든 형상이 내 손아귀의 물건이 되는 게지요. 하늘과 땅을 빚어내고, 해와 달을 바꾸어 드러내며, 바람과 구름을 말기도 하고 펴기도 하며, 산이며 강을 쪼고 틔어 주어 모든 사물이 다 나의 일이지만, 나는 무슨 일을 한 적이 없게 되지요.

 그렇다면 천하의 그 어떤 큰 솜씨라도 여기에 비할 게 있겠소? 이러한 경지가 있는 줄 모르고 나무 돌이나 새기는 것을 지극한 솜씨라고 여기니, 몹시도 꽉 막혀 있소이다!"

 말을 채 마치기도 전에 공자는 망연자실하여 대답할 엄두를 내지 못했다.

— 장유張維의 『계곡집谿谷集』

사리・정치 편

죽게 된 가축

어떤 집에서 딸을 시집보내게 되어 혼인 잔치를 준비하고 있었다. 그 집에서 키우는 여러 짐승이 한 자리에 모여 이번 잔치에 누가 죽을 것인가 하는 일로 이야기를 하고 있었다.

먼저 늙은 당나귀가 썩 나서더니 말했다.

"나는 죽을 걱정이 없다. 주인이 나를 사랑해서 늘 나를 타고 다닌다. 이번 혼인에는 신랑과 신부를 태우고 갈 터이니, 나는 안 죽일 거야."

다음에 개가 나섰다.

"나는 밤잠도 안 자고 도둑을 지켜 주니까 잡지 않을 것이야."

그러자 닭이 말했다.

"나는 때를 맞춰 울어 시간을 알려 주니 잡지 않을 거야."

고양이도 한마디 했다.

"나는 쥐를 잡아 주니 안 잡을 것이다."

마지막으로 소도 거들었다.

"이 집 농사를 지어 주니 나는 안 잡을 것이야."

그런데 돼지는 암만 생각해 봐도 자기는 주인네 밥만 얻어먹고 주인을 위해서 하는 일이 아무것도 없었다. 그러니 이번 잔치에 죽을 놈은 자기밖에 없겠다 하고 나팔주둥이처럼 입을 내밀며 죽을 것을 걱정했다.

－『한국구전설화』

게와 원숭이

게와 원숭이가 함께 길을 갔다. 가다가 게는 떡 한 조각을 줍고 원숭이는 감씨 한 알을 주웠다. 원숭이는 배가 고파서 게를 얼러 감씨와 떡을 바꾸어 먹었다.

게는 감씨를 자기 집에 가서 심었는데 이것이 자라서 감이 많이 열렸다. 원숭이가 와서 나무 위에 올라가 감을 따 주겠다고 했다. 게가 그러라고 하자 원숭이는 감나무에 올라가서 감을 따서 저 혼자만 먹고 게한테는 주지 않았다. 게는 안타까워서 원숭이에게 감을 하나 따서 내려달라고 사정했다. 그래도 원숭이는 저 혼자만 따먹었다. 게가 밑에서 자꾸 하나 따 달라고 성화를 부리자 원숭이는 익지도 않는 땡감 하나를 던져 주었다. 공교롭게도 게는 그 땡감에 맞아서 죽고 말았다.

그래서 새끼 게는 엄마가 죽었다고 울었다. 이때 절구통과 밤과 벌이 와서 왜 우느냐고 물었다. 새끼 게는 원숭이가 엄마를 땡감으로 때려 죽였다고 말했다. 절구통과 밤과 벌은 원수를 갚아 주겠다 하면서, 밤은 화로로, 벌은 물동이 속으로, 절구통은 지붕으로 올라가 각각 숨었다.

원숭이가 게 집에 와서 "아이, 추워!" 하며 화로에 와서 불을 쬐려고 할 때 밤이 탁 튀어나와서 원숭이 얼굴을 쳤다. 원숭이가 놀라 물동이 있는 데로 갔다. 그때 물동이에 숨어 있던 벌이 나와서 쏘아 댔다. 원숭이가 다급해서 집 밖으로 뛰어나가자 지붕에 숨어 있던 절구통이 굴러 떨어져 원숭이를 쳐죽였다.

-『한국구전설화』

신하에 대한 예우

명종이 한번은 후원에 행차하여 참석한 모든 신하에게 술을 하사하였다. 그런데 정승 상진尙震이 본래 술을 못 먹는데, 임금이 주는 술을 받아 마시고는 취하여 길 왼편에 쓰러졌다. 임금이 궁전으로 돌아갈 때 그 광경을 보았는데, 곁에 있는 신하들이 상진이라고 아뢰자 말씀하셨다.

"대신이 길 곁에 있는데, 지나가기가 미안하구나."

그러고는 휘장으로 가리도록 명하시고 수레를 휘장 뒤로 나아가게 하셨다.

— 서거정徐居正의 『필원잡기筆苑雜記』

요지경 속 세 가지 이야기

첫째 이야기

거미가 거미줄을 쳐 놓고 날아다니는 것들을 기다렸다. 작은 모기와 파리에서 큰 매미와 제비까지 잡아서 배를 채웠다. 그런데 벌 하나가 거기에 옭아매졌다. 거미가 서둘러 묶다가 갑자기 땅에 떨어져 터져 죽었다. 아마 벌에게 쏘였기 때문이리라. 한 아이가 거미줄에 걸려 빠져나오지 못한 벌을 보고는 손으로 풀어 주려 하자 또 쏘아 댔다. 아이는 화가 나서 벌을 발로 밟아 비벼 죽였다.

아아! 거미는 제 기술이 날아다니는 것을 그물로 싹쓸이할 줄로만 믿고 벌이 쏠 수 있다는 것은 몰랐다. 벌은 쏘는 것만 잘할 줄 알았지, 저를 해치는 사람인지 구해 주는 사람인지 가리지 못하고 만나면 무턱대고 쏘아 대서 저를 구해 주려는 사람이 도리어 자신을 해치는 결과에 이르게 했다. 아이는 다만 거미의 낭패를 다행으로 여겼을 뿐, 벌이 얄미운 놈이라고는 생각지 않았.

벌을 곤란함에서 벗어나게 하려는 맘에 독살스럽게 쏘아 대는 벌의 성질이 사람을 해칠 수 있다는 점을 염려하지 못한 것이다. 세상 일이 어찌 단지 이와 같을 뿐이겠는가?

둘째 이야기

고양이를 사랑하는 사람이 고양이 두 마리를 키웠다. 한 마리는 낮에는 항상 잠을 자고 밤이면 돌아다니며 쥐를 움켜잡았으나 주인이 그

것을 알지 못하고 무능하다고 여겼다. 다른 고양이는 밤에는 사람 곁에서 잠을 자고 낮에 어쩌다 쥐를 잡으면 반드시 물고 사람 앞으로 와서 쥐를 어르면서 구경거리를 만들었다. 집사람들이 모두 이 고양이를 기특하게 여겼다. 그래서 이 고양이가 반찬을 훔쳐 먹거나 닭을 물어뜯어도 벌을 주지 않았다.

쥐들은 밤에 쥐 사냥을 하는 고양이 때문에 죽지 않으면 모두 환란을 피해 멀리 달아났다. 그 덕택에 쥐떼가 끊어졌는데도 주인은 다른 고양이 공으로 여겼고 오히려 쥐 잘 잡는 고양이를 매질하여 내쫓았다. 그러자 쥐들은 '정말 잘 되었다.' 고 하면서 모두 다시 몰려왔다. 그 후로 다시는 쥐떼를 막을 수가 없었다.

지혜로운 자에게 둘 중에서 선택하라고 한다면, 밤에 쥐 잘 잡는 고양이를 기르겠는가, 아니면 다른 고양이를 기르겠는가?

셋째 이야기

어떤 사람이 강아지를 남에게 얻어 기르는데, 그것이 작고 또 새로 왔다고 하여 자주 먹이를 주고 늘 예뻐하며 쓰다듬었다. 그런데 집에 있던 늙은 개가 속으로는 원망하면서 겉으로는 강아지를 예뻐하는 척하며 만날 때마다 핥아 주고 껴안으면서 벼룩을 깨물어 주고 파리를 쫓아 주었다. 그래서 주인은 늙은 개를 의심하지 않았다.

며칠 있다가 늙은 개는 한밤에 주인이 깊이 잠든 것을 틈타 이빨을 세워 강아지의 목을 물어 죽이고는 문밖에 내다 두었다. 날이 밝아 주인이 일어나자 개는 옷자락을 끌고 강아지를 내다 둔 곳으로 가서 슬피 울며 발로 가리켰다. 속으로는 죽이려는 마음을 품고서 겉으로는 예뻐하고 사랑하는 마음을 보여서 사람이 의심하지 않게 만들었던 것이다. 독살스러움을 부린 뒤에도 다시 그 죽음이 자기가 한 짓이 아닌 것처럼 했다. 교활하도다! 개도 그러한데 사람은 오죽하겠는가.

-『무명자집』

뱀의 원한

북창北窓의 이름은 정렴鄭磏이고, 아우 고옥古玉의 이름은 정작鄭碏이었다. 한번은 형제가 함께 길을 가다가 어떤 집 앞에 이르렀다. 북창이 그 집에 서린 기운을 보고 말했다.

"안타깝구나, 저 집이!

그러자 고옥이 말했다.

"형님께서 어찌 이리 슬프게 말씀하십니까? 잠자코 지나가는 것이 좋겠지만, 이미 말을 입 밖에 내었으니 그냥 지나갈 수 있겠습니까?"

"네 말이 옳다."

형제가 그 집에 들어가 밤을 지낸 후 북창이 주인에게 말했다.

"우리가 주인의 재앙을 없애 주려고 하는데, 내 말을 따르겠소?"

주인이 대답했다.

"그렇게 하지요."

북창이 말했다.

"백탄白炭 오십 석을 오늘 내로 마련하시오."

주인이 즉시 준비하자, 북창이 뜰에 쌓아 불을 피우고 그 가운데 큰 나무 궤짝 하나를 놓았다. 집안사람과 마을 사람이 다 모였는데, 그때 나이가 열 살 남짓 된 주인 아들도 여러 사람 속에 서서 구경하고 있었다. 북창이 그 아이를 잡아 궤짝에 넣고 뚜껑을 닫으니, 주인이 놀라서 호통을 치며 말했다.

"어느 미친 양반이 남의 귀한 자식을 죽이려고 하는 거요?"

궤짝을 깨뜨려 북창을 쫓으려 했으나 북창이 조금도 눈을 움직이지 않고 말했다.

"만일 아이가 죽으면 우리 형제도 죽을 것이니 두고 보시오."

북창이 일꾼에게 급히 불사르라 하니, 주인은 어쩔 줄 몰라 말도 못하고 놀라기만 하였다. 불이 다 탄 뒤에 북창이 궤짝을 열어 보니, 큰 뱀이 타 죽어 있었다. 북창이 직접 뱀을 헤치고 낫 끝 쇠를 주워 주인에게 보이며 말했다.

"이 쇠를 아시오?"

주인이 대답했다.

"알지요. 십 년 전에 연못을 파서 고기를 기를 때 고기가 자꾸 없어지기에, 이상해서 지켜보니 큰 뱀이 잡아먹고 있었습니다. 분해서 큰 낫으로 뱀을 찍었는데, 그때 뱀도 죽고 낫 끝도 부러졌지요. 이 쇠가 바로 그 낫 끝인 것 같습니다."

그러면서 일꾼을 불러 곳간에 두었던 부러진 낫을 가져오게 하여 맞추어 보니 틀림이 없었다.

- 『청구야담』

다람쥐와 자라

다람쥐는 산에 살고 자라는 물에 사니, 서로 장기長技가 달랐다. 다람쥐는 험준한 바위 아래에 굴을 파고 살며, 무성한 풀 숲 사이에서 노닐고 나무등걸이나 가시나무를 타넘어 다닌다. 가파르거나 험준한 것을 가리지 않고 나무등걸 위로 뛰어오르고 돌 위로 달려간다. 오직 구하는 것이라고는 먹을 것뿐이니, 기회를 타 모기를 잡아먹고 나무 열매를 따서 씹는다. 사냥을 잘하는 다람쥐는 먹을 것을 얻고, 사냥을 잘 못하는 다람쥐는 먹을 것을 얻지 못할 때가 있다. 그러나 먹이 사냥을 잘하는 다람쥐도 배불리 먹지는 못하니, 이를 매우 고통스럽게 여겼다.

하루는 다람쥐들이 강가 언덕에서 놀고 있었다. 나무를 타면서 먹이를 구하려고 할 때, 문득 자라떼가 수십 마리의 고기를 몰아서 잡는 것을 보았다. 고기를 잡아먹는 자라가 맑은 물 위에 떠올라 조용히 앉아 있는 모습이 매우 의기양양하게 즐거워하는 것 같았다. 그래서 다람쥐가 중얼거렸다.

'저 자라는 딱딱한 껍질을 가졌는데도 거대한 물결 위에 잘 떠 노니는데, 나는 몸이 가벼운데다 잘 뛰니 어찌 자라만 못하랴.'

마침내 깊은 물에 뛰어들어 네 다리로 물살을 헤치며 자라가 한 것처럼 하려고 했다. 그러나 거친 물살이 밀려오자 한 발을 떼기도 전에 다람쥐는 물살에 휩쓸려 이리저리 부딪치며 화살처럼 빨리 떠내려갔다. 그러자 다람쥐가 기뻐하며 말했다.

"오늘에야 즐거움을 얻었으니, 죽음도 잊을 만하구나."

그러나 얼마 후 자라의 눈은 둥그레져 감지를 못하고 입은 벌어져 다물지 못하였으며, 배는 불룩해져서 물밑으로 가라앉았다가 떠올랐다 했다. 다른 다람쥐들이 높은 데 올라가 그 광경을 바라보며 정말 즐거운 일이라고만 생각할 뿐, 그 다람쥐가 벌써 죽었다는 것은 전혀 몰랐다. 그리하여 다투어 내려와 물 속에 뛰어들다 모두 죽었다. 결국 갈라진 꼬리와 찢어진 다리는 자라의 먹이가 되었다. 자라는 다람쥐를 손쉽게 얻게 되어 매우 잘 된 일이라고 여기며, 물 위를 떠다니며 다람쥐가 물 속으로 뛰어들기만을 기다렸다. 이때 어부가 와서 그물을 치지도 않고 맨손으로 자라를 잡아가 말렸다.
　결국 다람쥐는 고생을 싫어하다 죽었고 자라는 탐욕을 부리다가 죽었다. 만약 다람쥐가 산에 편안히 살며 강에서 고기 잡는 즐거움을 바라지 않았다면 뭇 자라의 비웃음을 받지 않았을 것이고, 자라가 만족할 줄 알고 강물 위를 떠다니지 않았다면 어부의 밥이 되지는 않았을 것이다. 그런 까닭에 짐승은 산을 떠나서는 안 되고, 고기는 연못을 떠나서는 안 되는 법이다. 나는 벼슬 구하는 것이 다람쥐가 강에서 고기 잡는 즐거움을 바라는 것과 얼마나 다른지, 그리고 기름진 음식을 구하는 것이 자라나 다람쥐가 하는 짓과 무엇이 다른지 모르겠다. 그런데도 서로 목숨을 던지며 먹잇감을 탐하다가 어부가 가까이 오는 것도 모르고, 비웃음을 당하니 참으로 슬프다.

-『망양록』

아름다운 오해

옛날 천자의 조서를 받든 중국 사신이 우리나라에 왔다. 그는 이곳은 동방東邦 예의지국禮義之國이니 반드시 특별한 사람이 있을 것이라고 생각하였다.

행차가 평양에 이르렀을 때, 사신이 길가에 있는 한 장부를 보니, 키는 팔구 척에 수염은 허리까지 자라 있었다. 자못 기이하여 손을 들어 손가락을 둥그렇게 만들어 보이자, 장부도 손을 들어 손가락을 네모지게 만들어 그에게 응대하였다. 사신이 이번에는 세 손가락을 굽혀 보이자 장부는 즉시 다섯 손가락을 굽혔고, 사신이 또 옷을 들어 보이니 장부는 손가락으로 자신의 입을 가리켰다.

사신이 서울에 와서 그를 맞이한 관리에게 말했다.

"내가 중원에 있을 때 귀국이 예의지방이라고 들었는데, 진실로 빈말이 아니었소."

관리가 물었다.

"무슨 말씀이신지요?"

사신이 말했다.

"내가 평양에 도착했을 때 길가에 있는 한 장부를 보았는데, 그는 체격이 무척 컸소. 그래서 그의 마음속에 반드시 색다른 것이 있을 것 같아 손가락을 둥그렇게 만들어 보였는데, 그것은 하늘이 둥글다는 의미였소. 그러자 장부는 손가락을 네모지게 만들어 응대하였으니, 땅은 네모지다는 것이지요.

 또 내가 세 손가락을 굽혔던 것은 삼강三綱을 의미한 것인데, 장부가 다섯 손가락을 굽혔으니 오륜五倫을 뜻한 것이오. 내가 옷을 들어 보인 것은 옛날에 의상은 형편없었지만 천하가 잘 다스려졌음을 말한 것이고, 장부가 입을 가리켜 응대한 것은 말세에는 말재주로 천하를 다스린다는 의미겠지요. 길가의 천한 사내도 이와 같거늘 하물며 유식한 사대부야 더 말할 나위 있겠소?"

 관리는 사신이 길가에서 만났던 장부가 기특하여 평양으로 공문公文을 보냈다. 장부를 역말에 태워 서둘러 서울로 데려오게 하여 재물을 후하게 베푼 뒤 물었다.

 "천자의 사신이 손가락을 둥글게 만들었을 때 자네는 어째서 손가락을 네모지게 만들었는가?"

 그가 대답했다.

 "그분은 둥근 절편을 드시고 싶어 손가락을 둥글게 만든 것이고, 저는 인절미가 먹고 싶었기에 네모지게 만든 것입니다."

 "사신이 세 손가락을 굽혔을 때, 자네는 어째서 다섯 손가락을 구부렸는가?"

 "그분은 하루에 세 끼니를 드시고자 하여 세 손가락을 구부리신 것이고, 저는 다섯 끼니를 먹고 싶어 다섯 손가락을 구부렸던 것입니다."

"사신이 옷을 들어 보이실 때, 자네는 어찌해서 입을 가리켰는가?"

"그분의 근심은 옷 입는 일이기에 옷을 들어 보이신 것이고, 저의 근심은 먹는 것이기에 입을 가리킨 것입니다."

조정에서 이 말을 들은 사람들은 모두 크게 웃었다. 중국 사신은 이러한 사실을 모른 채 그를 기이한 남자로만 여기고 공경하는 예를 베풀었던 것이다.

— 유몽인柳夢寅의 『어우야담於于野譚』

배가 가는 것

제齊나라 선왕宣王이 물었다.

"과인이 백성을 다스려도 백성이 편안해하지 않고 정치가 잘 펴지지 않는데, 도대체 그 까닭이 무엇이오?"

순우곤淳于髡이 대답했다.

"백성은 매우 어리석지만 신령스럽고, 지극히 미천하지만 두려워할 만합니다. 정도가 아닌 것으로 부리면 노여워하고, 그들을 살리는 도가 아니면 원망합니다. 노여움과 원망이 마음에 쌓이면 서로 부추겨 흩어지고, 흩어지면 백성은 편안하지 않습니다. 달이 구름 속에서 움직이는 것은 달이 움직이는 것이 아니라 구름이 움직이는 것이고, 강가 언덕이 배 앞에서 달리는 것은 언덕이 달리는 것이 아니라, 바로 배가 가는 것입니다. 백성이 편안하지 않는 까닭은 백성이 편안해하지 않는 것이 아니라 임금의 정사가 백성을 편안하게 해주지 못하기 때문입니다.

옛날에 요堯 임금과 순舜 임금이 인仁과 의義로 백성을 다스리자 백성 또한 인과 의로 보답을 하였습니다. 걸桀과 주紂가 위협과 폭압으로 백성을 통솔하자 백성도 위력과 폭력으로 대응한 것입니다.

이제 왕께서 어진 정치를 천하에 베풀고자 하면서도 나라 안에 토목 공사를 일으키고, 밖으로는 정벌의 공을 이루고자 하시니, 다친 사람들은 일어나지 못하고 신음하는 사람들은 소생하지 못하고 있습니다. 이렇게 하고서 백성이 편안해지기를 바라기는 어렵습니다.

　불을 밝혀 참새를 잡으려는 사람은 불을 밝히는 데 힘써야 합니다. 불이 밝지 않으면 나무를 흔들어도 소용이 없습니다. 왕은 자신의 덕을 쌓는 데 힘써야 하는 법입니다. 덕이 쌓이지 않으면 정사를 부지런히 하더라도 이로울 것이 없습니다. 이제 왕께서 덕으로써 백성을 편안히 하려 하신다면 나라가 잘 다스려질 것입니다."

－『부휴자담론』

이빨과 뿔

주대부朱大夫가 동문수東門嫂의 거문고 소리를 듣고서 그 화려한 가락을 좋아하여 말했다.

"이것을 어찌 장부가 할 일이 아니라 하겠는가?"

드디어 악보를 보며 거문고를 배웠다. 밤잠을 잊고 음식 맛을 잊었으며, 걸을 때는 길을 잊었고 앉아선 세상사를 잊어버렸다. 이처럼 삼 년 동안 쉬지 않고 익혔으나 소리가 음률에 맞지 않고 완급이 악보대로 되지 않자, 화가 나서 거문고를 땅에 내던지면서 말했다.

"이것이 어찌 대장부가 할 짓이겠는가?"

다른 사람이 음악을 배우려고 하면 반드시 그만두게 하고, 그만두지 않으면 발끈 화를 내면서 종종걸음 치며 마치 뛰쳐나가려는 듯이 하자, 남들이 모두 그를 비웃었다. 어떤 사람이 부휴자에게 물었다.

"대부의 현명함은 온 나라 사람들 중에 대적할 이가 없고, 재주는 정밀하지 않음이 없습니다. 열 살 먹은 계집아이가 어리석어도 손가락을 놀려 현을 조종하여 청탁淸濁과 가락을 잃지 않으며 연주할 수 있는데, 도리어 대부는 이를 못하고 있습니다. 왜 그렇습니까?"

부휴자가 말했다.

"사람의 천성에는 재능이란 게 있지요. 재주 있는 사람을 못하게 할 수도 없고, 재주가 없는 사람을 잘하게 할 수도 없지요. 하루아침에 열두 마리의 소를 잡을 수 있는 소백정에게 제기祭器를 다루게 한다면 제사를 주관하는 사람만 하겠습니까? 검은 소가 대단히 크지만, 쥐를 잡는 데는 살쾡이만 못합니다. 공자가 '나도 늙은 농사꾼만 못한 것이 있다.'는 말을 하였소. 재물을 가진 사람들에게서 재물을 빼앗아 가지게 한다면 힘 있는 자들이 부자가 될 것이요, 기예를 가진 사람으로부터 기예를 빼앗아 가지게 한다면 권세가들이 기예를 가지게 될 것입니다. 부와 기예가 빼앗을 수 있는 것이라면 가난하고 힘없는 사람은 세상에 서 있을 데가 없을 것입니다. 이 때문에 하늘이 만물에 성질을 부여할 때 이빨이 있으면 그 뿔을 빼앗았고. 날개를 준 것에는 다리는 두 개만 주었으니, 이치가 그러한 것입니다. 남의 윗자리에 있는 사람은 다른 사람의 유능함을 시기하지 않고 내 자신의 무능을 걱정해야 하며, 남의 풍족함을 시기하지 말고 나의 부족함을 걱정해야 합니다. 여러 사람의 재능을 받아들여 자기가 잘 활용한다면 나라를 다스리는데 무슨 어려움이 있겠습니까?"

－『부휴자담론』

사람의 쓰임

맹상군孟上君이 손님을 좋아하자 사방의 뛰어난 인물들이 날마다 그의 집에 모여들었다. 그러나 맹상군은 너무 어중이떠중이 할 것 없이 모여들까 근심하여 활을 잘 쏘는 사람 이백 명, 말을 잘 모는 사람 이백 명, 변론을 잘하는 사람 이백 명, 도적을 잘 가려내는 사람 이백 명, 재물을 잘 불리는 사람 이백 명으로 기준을 정해 가려 뽑았다. 그래서 쓸 만한 사람이 천 명에 이르렀으나, 전생田生만은 거기에 들지 못했다. 전생은 아침저녁으로 길거리에서 슬피 탄식했다. 성문을 지키는 앉은뱅이가 그에게 물었다.

"그대는 어떤 사람입니까? 무슨 원통한 일이 있어 이렇게 분을 품고 있습니까?"

전생이 대답했다.

"나는 문수汶水 북쪽에 사는 유생이오. 지금 맹상군께서 천 명을 뽑았는데 나는 뽑히지 못해 슬퍼하고 있소."

앉은뱅이가 말했다.

"그대는 무슨 쓸 만한 재주가 있습니까?"

전생이 대답했다.

"나는 『춘추좌씨전春秋左氏傳』에 밝으며, 공자께서 남기신 법을 조금도 빠뜨리지 않고 깊이 터득하였소이다."

앉은뱅이가 말했다.

"그것으로 명령을 잘 받들 수는 있지만, 명령을 잘 받드는 것이 재주는 아니지요."

 전생은 물러나와 태공太公의 병법兵法을 배웠다. 백 번을 읽고서 성문으로 가서 다시 앉은뱅이를 만나 그 사실을 말했다. 그러자 앉은뱅이가 이야기했다.

 "아직도 때가 아닙니다. 일반적으로 사람이 갑자기 나아가게 되면 반드시 갑자기 물러나게 되는 법이요, 자신을 추천한 사람은 반드시 후회하게 되는 법이지요. 사람이 출세하거나 그렇지 못하는 것은 때가 있소. 저 꽃은 보통 봄에 피지만, 국화는 반드시 가을에 피며, 열매는 보통 가을에 익지만, 복숭아는 반드시 여름에 익는다오. 풀과 나무도 싹이 트고 잎이 자랄 때가 있는 법인데, 하물며 사람은 어떻겠소? 그대가 뛰어난 재주를 지니고서 굽히지 않는다면 반드시 절로 재주를 쓸 때가 있을 것이오."

 그 후 제齊나라와 한韓나라, 위魏나라가 전쟁을 하게 되었다. 해가 갈수록 전투가 치열해져 활을 잘 쏘는 사람들은 힘이 다하고, 말을 모는 사람들은 손이 풀렸으며, 말을 잘하는 사람들은 입이 막히고, 형벌에 밝은 사람들은 교묘한 재주를 발휘할 수 없었으며, 재물을 잘 불리는 사람들은 식량을 계속 댈 수가 없었다. 어떤 사람이 맹상군에게 전생에 대해서 말하니, 맹상군이 전생을 불러 이야기를 나누고 나서 매우 기뻐하여 그를 상장군上將軍에 천거하였다. 마침내 제나라가 한나라와 위나라를 평정하였고, 이웃 나라들도 감히 대들지 못했다.

- 『부휴자담론』

못난 여자를 좋아하는 까닭

동문東門에 사는 유柳씨가 아내와 첩을 같이 데리고 살았다. 그런데 아내는 예쁘고 첩은 못났지만, 첩은 사랑하고 아내는 돌아보지 않았다. 어떤 이가 부휴자에게 물었다.

"동문에 사는 유씨의 아내는 예쁘고 성격도 온순하며 집안을 잘 다스려 법도가 있습니다. 그런데도 부부가 서로 미워하며 원수로 여깁니다. 첩은 못생기고 성격도 나쁘며 게다가 여자가 하는 바느질을 할 줄도 모릅니다. 그런데도 남편은 비할 데 없이 예뻐합니다. 인정은 선한 것을 좋아하고 악한 것을 미워하는 법인데, 유씨의 성격은 이와 반대이니 어째서 그렇습니까?"

부휴자가 말했다.

"선한 것을 좋아하고 악한 것을 미워하는 것이 상도요, 선한 것을 버리고 악한 데로 나아가는 것은 변한 것이오. 상도라 하여 늘 그런 것이 아니고, 변한 것이라고 하여 늘 변하는 것은 아니지요. 만나면서 사랑하고 미워하는 마음이 생기는 것이지요. 여자는 예쁘든 못났든 내 눈을 기쁘게 하는 자가 예뻐 보이는 법이요, 사람이 착하든 악하든 내 뜻에 맞는 자가 선해 보이는 법이지요. 여자의 얼굴만 그러한 것이 아니오. 임금과 신하의 본분도 이와 같소. 속담에 '향기로운 지초와 난초가 들판에서 배척을 받으면 잡초가 돋보인다.', '좋은 말에 북을 실으면 노둔한 말을 타게 된다.', '서시西施같이 아름다운 여자가 미움을 받아 울면 모모嫫母와 같이 못생긴 여자가 웃는다.', '어진 사람이 물러나 은둔하면 모함하고 아첨하는 사람이 벼슬에 나아간다.'는 말이 있지요. 사람들이 모두 선악善惡을 잘 알아서 악을 제거하고 선으로 나아갈 수만 있다면 모든 사람이 요堯 임금이나 순舜 임금 같은 성인이 될 수 있을 것이오. 그러나 이와 같지 못하기에 망하는 집안이나 나라가 끊임없이 있게 되는 것이지요.

- 『부휴자담론』

누에와 구더기

자봉子封이 조자류趙子柳의 집에 갔다. 마침 누에고치에서 누에가 나오고 있었다. 조자류가 말했다.

"똑같은 고치인데 어떤 것에서는 누에가 나오고 어떤 것에서는 구더기가 나오니, 왜 그렇습니까?"

자봉이 말했다.

"만물의 변화는 무궁해서 사람의 성품도 다르지요. 요堯 임금이나 순舜 임금과 같은 성인 아버지에게도 단주丹朱나 상균商均과 같은 용렬한 자식이 있었고, 주공周公 같은 성인 아우에게도 영숙營叔과 같은 못난 형이 있었지요. 유하혜柳下惠와 같은 어진 형에게도 도척盜跖과 같은 악한 아우가 있었습니다. 지금 그대의 형제는 모두 장인匠人입니다. 그대의 아우는 입신양명立身揚名하여 궁궐에 출입도 합니다. 그런데도 그대는 쉰 살이 되도록 무엇을 이룬 명성도 없이 물구덩이에 처박힌 신세를 면하지 못하고 있지요. 같은 부모에게서 태어났어도 똑똑하고 그렇지 못한 것이 이처럼 다른데, 누에와 구더기로 달라지는 것이 무엇이 이상하겠소?"

조자류가 화를 내면서 말했다.

"그대의 말이 정말 맞소. 그대가 나를 놀리는 것도 참을 수 있소. 그러나 나는 의심스러운 것이 있소. 벼를 파종한다면 기장이 되지 않을 것이요, 복숭아씨를 뿌린다면 오얏나무가 되지는 않겠지요. 왜 그렇소?"

자봉이 대답했다.

"그렇지 않소이다. 나무가 비록 다른 종류로 바뀌지는 않지만, 그렇다고 어찌 나무가 크고 작고, 혹은 살지고 마른 차이가 없겠소? 거름을 주고 흙을 북돋우면 나무가 크고 살지게 되지만, 버려 두고 보살피지 않는다면 작고 마르게 되겠지요. 지금 그대가 말하는 것을 보니 똑같은 사람이고, 앉았다 일어서는 것도 똑같은 사람이지만, 어진 행실은 아우와 다르구려. 그대는 거름을 주거나 흙을 북돋아 주는 공을 들이지 않은 나무와 같다 하겠소."
　조자류는 대꾸할 말이 없었다.

─『부휴자담론』

바른말

중산왕中山王이 종기가 났는데 한 의원의 약을 먹고 나았다. 그러자 의원을 경卿으로 삼으려 하였다. 왕자 혁茀이 간언하였다.

"예전에 오吳 땅에 사는 사람이 집을 짓는데 조각을 한 기와로 담장을 쌓고, 화려한 무늬의 옥돌로 문설주를 만들며, 아끼던 북쪽 사직단의 가죽나무로 기둥을 만들려고 하였습니다. 그러자 그의 아들이 이렇게 간하였답니다. '안 됩니다. 이 나무는 흐트러진 나무입니다. 결이 뒤틀리고 옹이가 많으며, 수액이 많아 재목으로 쓰면 아주 잘못될 것입니다. 집의 담과 문설주에는 정말 맞지 않습니다.' 그러나 아비는 말을 듣지 않고 결국 그 나무를 썼습니다. 얼마 되지 않아 집이 무너지자 도적이 빈틈을 타서 재물을 다 훔쳐가 버렸습니다. 선왕께서는 나라를 열고 기틀을 일으켜 무궁한 왕업을 세워 이를 자손들에게 물려주려 하셨습니다. 그런데도 부왕께서는 의원으로 정사를 보필하려 하십니다. 의술이란 작은 재주이며, 게다가 그의 성품은 매우 용렬하고 기술도 얕아 보잘것없습니다. 그가 직분을 감당하지 못할 것은 분명합니다. 이 조그마한 중산국은 일곱 강대국 틈에 끼어 있어 위태로운 실정인데, 이렇게 사람을 잘못 쓴다면, 당연히 도적들이 엿보지 않겠습니까?"

— 『부휴자담론』

청렴함과 졸렬함

동곽 선생東郭先生은 조정에서 청렴하다고 소문이 났다. 그래서 중모군中牟郡을 다스리는 직책을 맡았다. 선생이 중모군에 있는 삼 년 동안 사사로운 손님을 문에 들이지 않아 조그마한 뇌물도 오고 가지 않았다. 그러나 부인은 술지게미를 먹는데도 관리들은 고기를 지겨울 정도로 먹었고, 하인들이 문지방을 나가지 않는데도 부역과 세금 때문에 온 동네가 소란스러웠다. 창고는 나날이 비고 관아는 하루하루 피폐해졌다. 손님이 와도 음식 대접이 변변찮아, 모두 불만을 터뜨리며 돌아갔다.

어떤 사람이 부휴자에게 물었다.

"동곽 선생은 세상에 비할 데 없이 청렴한데도, 고을 형편은 나날이 어려워지니 무엇 때문입니까?"

부휴자가 말했다.

"동곽 선생은 청렴한 것이 아니라 졸렬한 것일세. 청렴이라 하는 것은 공경한 마음을 갖고 예로 몸을 닦으며, 간소한 것으로 번거로운 것을 막아야 하지. 또 간략한 것으로 복잡한 것을 복종시켜, 다른 사람들이 이익을 입게 하면서도 자기는 관여하지 않고, 남들은 그 은택을 입지만 자기는 쓰지 않아야 할 따름인 것이야. 지금 동곽은 안으로 제 집안을 해치고 밖으로는 다른 사람을 해치고 있으니, 청렴한 것이 아니라 졸렬한 것일세. 어찌 졸렬한 자와 백성을 다스리는 일을 논할 수 있겠는가?"

- 『부휴자담론』

고집 때문에 죽은 사나이

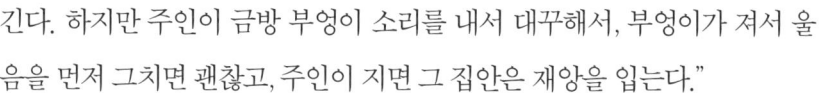

세상에 이런 말이 전한다.
"부엉이가 울면 한 집안에 좋지 않은 일이 생긴다. 하지만 주인이 금방 부엉이 소리를 내서 대꾸해서, 부엉이가 져서 울음을 먼저 그치면 괜찮고, 주인이 지면 그 집안은 재앙을 입는다."

어떤 고집쟁이가 있었다. 때는 마침 매서운 추위가 한창인 겨울철이었다. 한밤중에 뒷간이 가고 싶어 바지를 벗은 채 이불을 부둥켜안고 문밖으로 나갔다. 갑자기 동산 나무 사이에서 부엉이 우는 소리가 들리자 곧바로 부엉이 소리를 내어 응답했다. 울면 응답하고 또 울면 응답하기를 밤새 그치지 않았다.

그 아내가 영감이 오랫동안 돌아오지 않자 이상하여 문을 열고 나가 보니, 영감은 기진맥진하여 뻣뻣하게 땅에 엎어져 있었다. 팔다리를 가누지 못하고 목과 등이 단단히 굳어 움직일 수가 없었다. 아내가 소리쳐도 제대로 대답도 못하고 목구멍에서 겨우 가는 소리만 낼 뿐이었다.

"끄응~ 부엉! 끄응~ 부엉!"

이 소리만은 조금도 어긋나질 않았다. 날이 밝자 영감은 기절하였다가 곧 죽고 말았다.

— 김정국金正國의 『사재척언思齋摭言』

화왕계

옛날 꽃의 왕인 모란이 처음 들어왔을 때 향기로운 정원에 심어 두고 푸른 장막을 둘러쳐 보호했다. 춘삼월이 되자 예쁘게 피어 온갖 꽃을 능가하여 가장 아름다웠다. 그러자 여기저기서 곱고 예쁜 꽃이 너나 할 것 없이 달려와 인사를 했다. 그때 발그스레한 얼굴과 옥같이 흰 이를 가진 한 아리따운 아가씨가 곱게 치장하고 맵시 있게 옷을 입고 살랑살랑 다가와 얌전히 앞으로 나섰다.

"첩은 눈같이 흰 모래와 거울처럼 맑은 바닷가에 살며, 봄비에 목욕하여 때를 씻고 맑은 바람과 상쾌하게 한가하고 여유롭게 지냈답니다. 이름은 장미랍니다. 꽃 왕의 훌륭하신 덕망을 듣고 향기로운 장막 속에서 모시려고 왔사오니 저를 거두어 주시겠지요."

이때 베옷에다 가죽띠를 매고 흰 머리에 지팡이를 짚은 한 장부가 뒤뚱뒤뚱거리며 구부정하게 나섰다.

"저는 서울 밖 큰길가에 살았습니다. 푸르고 너른 들녘 경치를 내려다보며, 높디 높은 산빛에 의지하며 지냈지요. 이름은 백두옹이라 합니다. 제 생각에는, 아래 신하들이 올리는 음식이 넘쳐 고량진미로 배를 채우고 차와 술로 정신을 맑게 하셨을지라도, 상자 속에는 반드시 좋은 약을 비축해 기운을 보충하고 극약도 두어 독기를 제거해야 합니다. 옛말에 '아름다운 명주실이 있더라도 왕골이나 띠풀을 버리지 않는 법이다. 군자는 어려울 때를 대비한다.' 고 했습니다. 모르겠습니다만, 왕께서 이런 것에도 유의하고 계시는지요?"

누군가 왕에게 여쭈었다.

"두 사람 중 누구를 취하고 누구를 버리시겠습니까?"

꽃 왕이 말했다.

"장부 말에도 일리가 있지만, 미인은 얻기 어려우니 어쩌면 좋겠는가?"

그러자 장부가 나서서 말했다.

"저는 왕께서 총명하고 의리를 아시는 줄 알고 왔는데, 지금 보니 그렇지 않으시군요. 임금 노릇하는 분들이 간사한 아첨꾼을 가까이하면서 바르고 곧은 이를 멀리하지 않는 경우가 드뭅니다. 이렇기에 맹자孟子는 불우하게 일생을 마쳤고, 풍당憑唐은 늙을 때까지 낮은 벼슬밖에 못했죠. 예부터 이러했으니, 제가 어떻게 하겠습니까?"

꽃 왕이 말했다.

"내가 잘못했구려, 내가 잘못했구려."

— 『삼국사기』

작품 해설 | 김 영

우언을 읽는 즐거움

우리는 어린 시절 『이솝우화』를 재미있게 읽으며 삶의 지혜를 배웠다. 놀라운 재치와 다채로운 이야기를 담은 『이솝우화』에 등장하는 동물과 인물의 말과 행동은 재미가 있으면서도 고개를 끄덕이게 하는 진실이 담겨져 있다. 만약 『이솝우화』에 담긴 내용을 딱딱한 훈화나 지시적인 교육을 통해 가르치려고 한다면 학생들은 어떤 반응을 보일까? 매우 지겨워할 것이 분명하다.

  장자莊子가 우언寓言을 쓴 것도 직설적인 말하기보다 다른 사물을 빌려서 말하는 것이 훨씬 재미가 있으면서도 효과적이라고 믿었기 때문이다. 문학은 원래 비유나 상징을 즐겨 사용한다. 특히 동물을 비롯한 다른 사물이나 사건을 빌려서 자기의 생각을 우회적으로 표현하는 우언은 독자의 상상력을 풍성하게 일깨우고, 읽는 즐거움에 빠지게 하는 매력이 있다.

  우리나라의 우언은 물론 『장자』에서 비롯한 동아시아 우언문학의 전통 속에서 형성되었지만 우리만의 독특한 개성을 보여 준다. 신라시대 설총薛聰의 「화왕계」는 꽃 왕과 신하 꽃들의 이야기를 통하여 아첨하는 자를 멀리하고 충직한 사람을 가까이하라는 정치적 우의를 담고 있고, 「토끼와 거북이」는 토끼로 상징되는 약한 민중의 슬기를 보여 준다. 고려시대에는 돈을 의인화한 「공방전」 같은 가전 우언假傳寓言이 다채롭게 등장하는 한편 이규보李奎報 같은 문인들이 다양한 한문 갈래를 이용해 우언을 창작하였다.

  조선시대에는 꿈의 형식을 빈 몽유록夢遊錄, 민중의 입으로 구전되던 설화, 사실이 구전되다가 나중에 한문으로 기록된 야담, 기記, 설說, 전傳, 변辯, 록錄을 비롯한 다양한 한문 산문 양식에 많은 우언이 담겨져 있다.

우리나라의 우언 작품은 아직 다 발굴되지 않았으나, 최근에 고전문학 연구자들이 자료 정리와 이론적 체계화를 시도하고 있다. 그러나 지금까지 학계에 알려진 한국의 우언 작품만 가지고 서양이나 중국의 것과 비교하더라도 작품의 절대 수는 적지만 문학적 형상화 수준은 결코 부족함이 없고, 한국적 특색을 잘 보여 주고 있다고 할 수 있다.

평소 우언문학이 지닌 풍부한 상상력과 교육적 효용성에 약간의 관심을 가져온 필자는 우리 젊은이들에게 읽는 재미와 삶의 지혜를 줄 만한 우언 작품을 골라 이 책에 소개하였다.

「지혜·지략 편」에서는 올바른 판단과 지혜를 전해 주는 우언 15편을 담았고, 「해학·풍자 편」에서는 웃음과 재미를 주면서도 날카로운 비판을 담은 우언 15편을, 「도덕·교훈 편」에서는 우언의 본질적 특성이라 할 도덕적 교훈을 전해 주는 우언 15편을 실었다. 「분수·본성 편」에서는 자기의 분수를 알고 본성에 따라 살 것을 권면하는 우언 16편을 담았으며, 마지막 「사리·정치 편」에서는 세상의 이치와 올바른 정치의 도리를 일러 주는 우언 16편을 실었다.

이 책에 실린 우언 중에는 이미 우리에게 알려진 작품도 있지만, 최근 우언 연구자들에 의한 발굴과 번역 작업을 통해 새롭게 선보이는 작품이 대부분이다. 이 책은 이러한 연구자들의 학문적 성과에 힘입은 바가 크다. 많이 참고한 책을 밝혀 더 진전된 공부를 원하는 독자들에게 독서 정보를 제공하고, 훌륭한 연구를 수행해 온 동학들께는 감사의 마음을 전하고자 한다.

우선 윤승준 교수의 『우언의 재미와 교훈』(2000)을 소개한다. 이 책은 우언의 개념과 특징을 쉽게 설명하면서, 중국과 인도 그리고 우리나라의 우언을 개괄적으로 소개하고 있어 우언 공부와 연구의 좋은 입문서 역할을 한다.

최근 우리나라 우언문학 연구를 선도하고 있는 윤주필 교수의 『틈새의 미학』(2003)은 한국 우언을 주제별로 나누어 작품을 소개하고 감상을 시도한 저서로, 한국 우언문학을 본격적으로 공부하려는 사람들의 필독서라 할 만한 책이다.

대표적인 한국우언 작품집으로는 이종묵 교수가 번역한 성현의 『부휴자담론』(2002)과 필자가 번역한 이광정의 「망양록」(『망양록연구』, 2003)이 비교적 풍부하고 다채로운 우언을 담고 있다고 할 수 있다.

이 밖에 『어우야담』・『청구야담』・『기문총화』・『천예록』을 비롯한 야담집, 임석재 선생이 수집한 『한국구전설화』와 『한국구비문학대계』 같은 설화집, 『삼국사기』・『삼국유사』와 같은 역사서, 『동문선』・『태평한화골계전』・『시화총림』 같은 문학선집, 그리고 고려시대 이규보의 『동국이상국집』에서 19세기 이건창의 『명미당집』에 이르는 문인들의 개인 문집에도 주옥같은 우언 작품들이 산재해 있다.

이 『한국의 우언』은 이러한 작품집과 연구서를 바탕으로 해서, 젊은이에게 읽는 즐거움과 생각할 거리를 줄 만한 작품을 골라, 한문으로 쓴 작품은 새롭게 옮기고 한글 작품은 오늘날의 어법에 맞게 고쳐 썼다. 아무쪼록 이 책이 고전 속에 담긴 지혜를 배워 새로운 미래를 창조하려는 젊은이에게 약간의 도움이 된다면 다행이겠다.